U0600816

跨度新美文书系

Kuadu Prose Series

SI

私想

XIANG

瘦谷◎著

中国文史出版社

目　　录

游　　思

散　　章

私　情

格　　外

个　　案

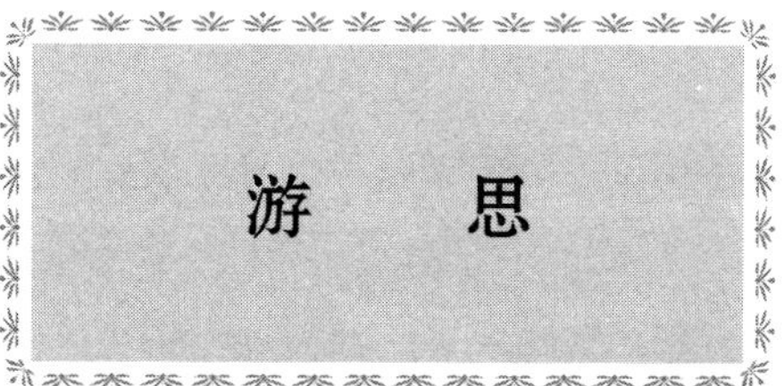

游　思

树的记忆

夏天，似乎是为了寻找到一种博大无边的天地，或者是为了锻炼自己软弱的意志，一个人在烈日中远足，走在广大空旷的原野上，远远地看见一棵孤零零的树，心底就会涌起一股潮湿的感觉。

一棵树远远地站在夏天之中，我向着它走去。我听见了树上的蝉声，这声音越来越响亮，我沉重的双脚和疲累的身体变得轻快起来。

我躺倒在树冠下，清凉的浓荫笼罩着我，身旁是被我散乱地扔着的行囊。树上受到惊扰的蝉在短暂的噤声之后，更加响亮地鸣唱起来。我闭上眼睛，身上的汗水正在风中飞散。我在为自己寻找借口，我是不是要听完这一曲蝉声之后，再踏上道路呢。

夏天田野上的树有着不能被人听懂的神话般的絮话，有着令人沉醉的清凉湿润的鼻息。寂静的夏天的原野上，在树荫之中，身下是松软的草地，身旁和原野上是一朵朵盛开的红的、白的、紫的，五颜六色的花，风中有青草、有花、有土地的气息。睡倒在这样的情境之中，一个人是很难抵抗睡眠的袭击的——我几乎就要入梦了。

树对于在烈日里跋涉的人来说，是仁慈的王。每一个夜里，它都收集起来自大地和天空的清露，握在每一片绿叶——它的手中，在白天，炎热弥漫的时候，再施舍给经过它的旅人。

现在是冬天，树落尽了叶子，窗外飘飞着这个冬天的第一场雪。我坐在电脑前，一边写作，一边听音乐。我听的是爱尔兰著名歌手Enya（恩雅）的《The Memory of Trees》，不知为什么，出版发行恩雅此盘专辑的音像公司要把它译为《树的回忆》，从字面的意思看，它应该是《树的记忆》才对。恩雅的此盘专辑有十一支歌，《树的记忆》是其中的一支。在此盘专辑中，恩雅是所有乐器的演奏者，也是所有演唱部分的演唱人，这在音乐史上大约也可以算是一个不小的奇迹。《树的记忆》是一支没有歌词的歌，我已在音响上定好了程序，如果不改变它现在的状态的话，这支歌会永远在我的书房中响起，一遍又一遍。

有好长时间了，我沉迷于恩雅像水晶一样透明而又瑰丽、像蓝夜的苍穹一样神秘缥缈的歌之中。她的歌是不能翻译的仙乐，是树之叶的梦呓，是爱尔兰大地的叹息，是海之耳——海螺在风中的回鸣，迷离、悠远。近年，我陆续买到了她所有的盒带和CD。在倾听恩雅的歌的时候，我常常把自己想象成一枚远离了树的树叶，被上帝抽去了身体的重量，飘飞在爱尔兰凉沁沁的雾中，干净翠绿的身上反射出晨星幽幽的光。

生于一八八三年的黎巴嫩杰出诗人纪伯伦说：“如果一棵树也写自传的话，它不会不像一个民族的历史的。”也许恩雅读到了纪伯伦的这句诗，也许没有，这并不重要。一个诗人和一个音乐家，他们的心灵一定有着一条由神指引的通道，他们的灵魂由美、善、真养育，他们的灵感既来自内心也来自有神的世界。

“树的记忆”，它的意思可能是树本身的记忆，此种记忆来自“远离”，时间的远离。树和人类一样，时间从心灵间流过之后，就会有所记忆，有一本只有自己才会读解的心灵的自传。对于此一点，汪曾祺先生与纪伯伦有着惊人相似的理解。汪先生在他的散文《美国短简·花草树》中把美国的松树和中国的松树做了比较后说：“中国松树多姿态，这种姿态往往是灾难造成的，风、雪、雷、火。松之奇者，大都伤痕累累。中国松是中国的历史，中国的文化和中国人的性格形成的。”汪的话说得过于直白了些，让我想起中国文化中的假托，也就是“借”：借景、借酒……任何事物被赋予的意义都可能不是事物原生的意义，甚至可能离“真理”更远；纪伯伦使用了“如果”这个词，这个虚拟句剔除了人主观的武断，我的心尖为之一颤，与前述汪先生的话相比，我更愿意相信纪伯伦的散文诗。

我们知道，纪伯伦出生在黎巴嫩北部美丽的山乡贝什里，黎巴嫩有着那样复杂的历史、政治背景。汪和纪说出的这两段话，使我看到了两者之间文学以外的比较的意义。

“树的记忆”，还有另一种意思，即他者对于树的记忆。这与上述的“记忆”有所不同，这虽然也是因为“远离”，但此种“远离”不仅具有时间的含义，而且还有空间的含义。所以成都老院子中的银杏树成为远在上海的巴金先生梦萦魂牵的景物。

树站在记忆中间，它的干、它的枝、它的叶，甚至于它的浓荫，其上的鸟巢和鸟的鸣唱，无不成为记忆者心中难以磨灭的幻象。记忆就是这些幻象本身，这些幻象编织了令他者回味无穷的故事。而树可能还站在那个地方，或者已经消逝。我们倾听的是自己的故事，不是树的故事。几乎每一个人都有自己的对于树的记忆。

我的梦境中多次出现过一棵大树。奇怪的是，即使我醒来之后，我也不能找到我与它在时空中的距离。这是不是说，它其实就挺立在我的心灵中与我“共时”呢？如此说来，对于它而言我就不是“他者”了吗？好像不，我书写出的它也许已经不在我的梦境之中。

在突然来临的暴风雨中，一棵长在古老城墙上的大树用尽自己全身的力气挺立着，它那葳蕤的树冠翻飞着翠绿的叶子，它的身体总是在接近脚下城墙的那一刻又奇迹般地挺立起来，充满着坚韧和固执。那些在暴风雨来临时飞回的鸟儿，它们惊惶的叫声从树上四散着渐渐小下去。后来它们就不再惊叫了，也许在树茂密宽厚的叶子之下，鸟儿们才安静下来。

在这史无前例的暴风雨中，古老的城墙被冲刷殆尽。如果不是土墙消失后那还没有长上野草的遗址，人们就难以确认这地方还曾耸立着一道古老的城墙。在暴风雨和洪水之中，土墙已被夷为平地。但树还仍然站在那里，站在土墙的遗址上，树的根须已穿过了土墙，扎到了真正的大地上。雨后蓬勃的大树在阳光中散发出清香宜人的气息。那光洁明亮的叶子迎风轻摇，其上跳跃着闪闪的光斑。鸟儿就是向着这碧绿的大树飞来的。鸟儿欢乐的叫声此起彼伏。它们童话般透明的眼睛和晶亮的雨滴难以区别，在树叶间都闪烁着动人的异彩。

在《孟子·梁惠王下》篇中，孟子如是说：“所谓故国者，非谓有乔木之谓也，有世臣之谓也。”此处之“故国”是古国的意思。但在今天，故国、故乡、故园在远行人的眼中，则有着像一棵大树一样的形象，所以我们说“叶落归根”。

一棵小树长成大树，必有深深地扎于大地之中的根。有根是幸福的。

遥远的爱尔兰

1

于我而言，爱尔兰是遥远的，遥远得仿佛在大地的尽头，在天空开始的地方；所以，我对这个国度的理解就像是早晨的星辰，稀少而且朦胧。但近来，我却总是把自己的目光投向这“早晨天空中的星星”，想象它的大地、它的天空、它的河流、它的海岸和海岸边的山峰；盼望听到它的声息、它的呓语和它的人民和自然的歌唱。我都有些惊讶，我怎么会有这样的心情。有这样心情的人应该是一个沉入爱情之中的人才对。

也许，人还可以有另一种爱情。在繁忙和喧嚣之中，梦幻支撑了我的脚步。而现在，爱尔兰和西藏，则是生长我的梦幻的地方。我曾经深爱着我的故乡川西平原，现在仍然爱着，但我的梦却悄悄地离开了它，来到爱尔兰和西藏。而爱尔兰和西藏，是我从来没有到过的地方。

我身边的人，我知道的人已经有许多去过西藏了。我在想，我去西藏的行程是不是应该安排在即将到来的一九九八年。去年，我曾经到了青海的格尔木，然后向南，跨过格尔木河，到达昆仑山口，痛饮了清凉纯洁的昆仑泉水。那时候，西藏在山的那边，我却收住了自己匆忙的脚步，我不想那么毫无准备，那么行色匆匆。我想，总有一天我会有时间在西藏享受漫游的快乐的。关于西藏，我已经知道许多，但我更想在“知道”的背后看到我不知道的惊奇和神秘；而对于爱尔兰，无人可以告诉我它的形貌、它的风俗、它的历史和它的现在。

好吧，我只得借助我书房里的书，才能大约知道地理之类的纸上的爱尔兰。我从书架上拿下《简明不列颠百科全书》，从索引中查到了“爱尔兰”这个词条，它在第一卷的二百五十七页上。

在地图上，我首先看见的是香农河，它就像中国的母亲河黄河和长江一样引人注目。

遥远神秘的爱尔兰岛的中部有着波状起伏的平原，沿海则多为高地。苏联作家普里什文把湖泊喻为“大地的眼睛”，爱尔兰就有许多这样风景秀丽、像女孩子的眼睛一样美丽的湖泊和沼泽。这让我想到，在阳光下，我在大沙漠上看到的犹如璀璨星光的云母。我想，美丽的湖泊和沼泽既是大地的眼睛，也是大地上闪亮的星辰。

虽然我不知道爱尔兰，但我知道爱尔兰的叶芝，爱尔兰的乔伊斯，以及叶芝诗歌精神的继承者、一九九五年度诺贝尔文学奖获得者、爱尔兰诗人谢默斯·希尼（仅读过他的几首诗）；我还知道在神圣的音乐殿堂中可能还未有一席之地的爱尔兰的恩雅（Enya），爱尔兰的芙露娜·莎莉（Fionnuala Sherry），知道长笛大王威尔·米拿（Will Millar）用长笛吹出的《凯尔特幻想》。没有人可以否认，对于文学之王冠，爱尔兰有叶芝和乔伊斯这两颗珍珠，已经足够了；但根据我的孤陋寡闻，有着音乐这棵根深叶茂的大树的欧洲大陆，位于欧洲大陆最西点（爱尔兰岛）的爱尔兰至今却没有一位可以称誉世界的音乐大师。这大约可以算得上是爱尔兰人的遗憾。而生于东方，黄皮肤、黑头发的中国人的我并没有这样的感觉，古典的大师们的音乐培养了我对音乐的兴趣，但我对于音乐有着自己的、与高雅的“爱乐人”认识不同的看法。如果由许多个体组成的爱乐人只是喜欢古典音乐，对新音乐缺乏关注和热情，那么，当代人对音乐的发展就永远不会有所推动和贡献。其他的文学艺术领域同样遵从这个规律。对于新音乐，当代的爱尔兰已经在某种程度上给了我一些惊喜，我对爱尔兰音乐（准确地说应该称之为凯尔特音乐）或者说有着爱尔兰风的音乐着了迷，比如极喜欢《勇敢的心》和《泰坦尼克号》两部巨片的音乐，两部电影的音乐都是由詹姆斯·霍纳（James Horner）作曲的，其中的笛声尤其动人心魂。詹姆斯还为著名电影《阿波罗 13 号》《梦幻之地》作过曲。此外，我还收集了 Joanie Madden（主奏短笛等）的《爱尔兰短笛之歌》（有人将其译为《爱尔兰画眉》，大约是爱尔兰短笛的声音极像画眉的鸣叫吧），还有“爱尔兰音乐专辑”，一共四张，汇集了其故乡在爱尔兰、苏格兰及威尔士的世界各国著名音乐人创作演奏的具有凯尔特风的精品乐曲，听来令人沉醉和倾倒。这五张碟都是 Hearts of Space 出品的。凯尔特风的音乐大多都使用笛这种乐器，如风笛（bagpipe）、短笛（penny whistle）等。

这大约就是最近以来我的梦总是要远行到爱尔兰的缘故吧。

2

我在文学和音乐中想象爱尔兰，想象生长他们的国度有着怎样令人着迷的风情。他们和他们的文字和音乐指引了我的梦。

我记不得我是什么时候读到叶芝的那首《当你老了……》的诗的，但现在我几乎还能背诵它。我记得它是由袁可嘉先生翻译的。它对生命和爱情澄澈如水晶般的低述使人有一种秋日夕阳照临心中的感觉，低声地慢慢地捧读，慢慢地吟咏，我的眼角会不知不觉地闪出泪光。

当你老了，头白了，睡思昏沉，
炉火旁打盹，请取下这部诗歌，
慢慢读，回想你过去眼神的柔和，
回想它们过去的浓重的阴影；

多少人爱你年轻欢畅的时候，
爱慕你的美丽，假意或真心，
只有一个人爱你那朝圣者的灵魂，
爱你衰老了的脸上的痛苦的皱纹；

垂下头来，在红光闪耀的炉子旁，
凄然地轻轻诉说那爱情的消逝，
在头顶的山上它缓缓踱着步子，
在一群星星中隐藏着脸庞。

这个被称之为“爱尔兰的灵魂”“最后一个浪漫主义诗人”的叶芝，一九二三年因他“始终富于灵感的诗歌，并因为他以高度的艺术形式表达了整个民族的精神”而获得诺贝尔文学奖——其授奖辞说：“他（叶芝）仍追随着早先曾指引他的精神，来担任爱尔兰的诠释者。长期以来，这个国家一直在等待着有人赋予它声音。”

叶芝在爱尔兰的大地上行走，古老的马车一路上发出吱吱咔咔的声音，在穿过有着尖顶教堂的村镇时，他就走下车来，捋一捋自己的头发，向那有着歌声的地方走去；或者向那在冬天的阳光中懒洋洋地“睡思昏沉”的老人走去——他的眼镜上闪动着阳光的光束。在面对这些白发苍苍的老人时，叶芝总是面带微笑，眼睛中晶亮的光芒透过玻璃的镜片，予人和蔼真诚的感觉。在那些年，叶芝三十多岁的时候，他总是以这样的方式收集爱尔兰的民间文学。

在这样的路上，叶芝偶尔会停下自己的马车，从马车上跳下来，站在高高的山岗上，任来自海边的风吹拂自己的衣衫和胸襟，远方传来古老的凯尔特民歌，爱尔兰竖琴声若隐若现，他喃喃地对自己说，我爱这片土地——这片土地养育了叶芝，给了他诗歌的灵感，给了他生命的昭示，给了他随时间而至的智慧和爱。

3

叶芝写有一本名为《凯尔特的曙光》的散文集，在书中，他主张通过诗、剧、文艺和传统唤起爱尔兰人的民族意识。近来，我再次阅读叶芝的诗和文章，爱尔兰的神秘和神奇在我的心目中仍未有所稍减。我的大脑里不时地会跳出“Celts（凯尔特人）”这个词来。我已经听过多次威尔·米拿的《凯尔特幻想》和恩雅的《凯尔特人》，我想，在音乐这种“世界语”中，远在东方的我更容易感染这个古老民族迷人的风情。

叶芝在《爱尔兰农民神话和民间传说》一文中，对魏尔德女士的《古代神话》一书评论说："……幽默完全给温柔和痛苦让出了位置，这里是凯尔特在多年的监禁中学会爱时的内心世界，当他用梦来安慰自己，在星光下倾听神话的歌唱时，他对灵魂和世界进行了思考。这就是凯尔特人，这才是凯尔特人的梦。"

凯尔特族是一个古老的民族，是欧洲大陆上阿尔卑斯山以北最早兴起的史前民族，但公元前一千纪中期以后才为地中海文明世界所知。在从不列颠到巴尔干，甚至远达安纳托利亚的广大领土上的蛮族中，凯尔特人都处于统治地位；但他们却从未形成一个统一的大帝国，他们分散在具有不同方言的部落中，在欧洲古代文明发展史上具有重要的作用。早期的凯尔特人居住在现在的法国之一部分、德国南部以及其毗邻地区，远达波西米亚的中、南部。在哈尔施塔特时期，大约是因为人口过剩导致社会关系的紧张，凯尔特人大肆进行军事扩张，有一支越过法国直达不列颠群岛。公元前一世纪末，凯尔特人在欧洲已失去其统治地位，随着罗马的征服，他们逐渐罗马化，但其文化传统却在爱尔兰保存了下来。现在的爱尔兰语就属于凯尔特语族戈伊迪利语支。

也许这就是冥冥中上帝的旨意，也许这就是时间的魔力，爱尔兰岛给了凯尔特人栖身繁衍的时间和空间，给了他们大海、湖泊和沼泽，给了他们美丽的平原和山地，给了他们可以保持自己民族精神的自由天空；同时，他们也给了爱尔兰岛古老的文化传统、伟大的历史人文精神——爱尔兰为此有了骄傲的灵魂，就像天空有了星辰，就像大地有了河流和湖泊，就像河流和湖泊之上，森林之上有了回旋的象征生命生机勃勃的雾缕。

4

《凯尔特幻想》是用有着不同的曲调并具有魔力般之音效的键盘乐器及竖笛、口琴、竖琴、小提琴所演奏编排而成的新音乐（New Age），发挥了凯尔特族的民族特色。其中的大部分音乐就是根据许多年前爱尔兰北部安特里姆（Antrim）流行的夜歌而创作的。这张CD是我最喜爱的CD之一，它有八首曲子，但风格统一，乐风清新典雅，风格独具，带有爱尔兰的乡村曲风，有着脱俗的迷幻般的梦的色彩——美好的回忆、爱情的幻想，清亮的音符为听者勾画出恋人的眼波、表情及笑声；音色、旋律起伏回旋，变化多端，听来美不可言。威尔·米拿说，他是用这音乐的方式来庆祝他和他的朋友们的生命，庆祝诞生了这些音乐的凯尔特族的民族遗产。

现在，我必须停下我在电脑前的写作，再一次倾听《凯尔特幻想》：鸟清丽的鸣叫中，我在薄雾中飞翔，去寻找那在水湄边的浣衣的爱尔兰女人（《爱尔兰女人》）；在这里，和平鸟不再是战火中画在军旗上的图案，它们是活生生的、有着欢快鸣声的鸟，它甚至有着诙谐的乐风，用爱尔兰的民歌旋律描绘乡村的平静、市俗的生活——荒野的公鸡哪儿去了（《和平鸟》）；通常是五行的爱尔兰的打油诗当然有着爱尔兰人特有的幽默，但它在威尔·米拿的心目中却是美丽的，美丽得就像是有着女人身体般天生曲线的绵延山丘（《广场精灵》）；在这里，清亮的长笛的声音也变得低缓了，还有大提琴低沉的声音和小提琴的低回，在这些旋律的背后，有着寒冷冬日中尖厉的朔风的啸叫，就像死亡之神的游弋。我们感到一棵凋零尽叶子的树在风中受虐，我们感到了打在我们额上的雪粉，追忆和哀悼一个人，追忆一个旧日之地，哀伤、怅惘之情萦绕在我们心底，死亡之神的不速（《萦绕心底的感觉》）；停顿之后，新的曲子从音箱中流了出来，使人立即就有一种现世的快乐，它在再现“流行音乐”，它在述说，曚昽晨曦中被叶子托住的晶亮的露珠，苏醒后的山谷传来我们自己的回音（《惊艳的美丽》）；爱尔兰的海湾总是平静的，海的景色是那样的迷人，海岸的崖壁上鸟飞起或者落下，海湾的山谷间舟子缓缓划动，传来欢快的泛舟之歌（《海景：平静的港湾》）；爱尔兰的夏天来了，幽凉的峡谷中她像仙女一样在我们的视线中移动，使我们想长埋在这里，长埋在美丽的小山丘上——只要有她陪伴（《峡谷的夏天》）；这是最后一支曲子，让我们举起离别的酒杯，痛饮。那片神圣的土地在离我们远去，再见，爱尔兰，再见，岸上的黄色的酢浆草花（爱尔兰国花）。这时，我们又听见了开始的旋律，我们在回忆中又回到了音乐开始的时候，时间好像没有逝去，我们在梦幻中再次和“爱尔兰女人”相遇。

恩雅的《凯尔特人》则是一九九二年她为BBC重新发行电视电影集《凯尔特人》的配乐，因为其音乐创作处于从属地位，听来虽不及她的其他CD好，但她的努力和她天生的音乐才能仍能打动我们的心灵，使我们有了恩雅是古老的凯尔特人的音乐精灵的幻想——古老的城堡，古老的教堂，一个精灵的歌唱在月光中总是在我们看不见的地方响起，我们循着歌声去寻找这美丽的精灵，但最后我们却总是循着音乐走上了回家的路。

在《凯尔特人》中，恩雅重复实验混音后的“大教堂之声”，建立了她在世界新音乐殿堂中的地位。其中第六首《河川上的太阳》与《凯尔特幻想》中的《萦绕心底的感觉》有着明显相同的爱尔兰风，其他地方也有，这大约是相同题材的缘故。只是后者显得低回一些。

恩雅的歌唱是不能用言语形容的旋律和音色，她的嗓音是天生的，透明、深邃、丰富又有张力，是那简单绝对的美丽，“简单，简单得就像一个乐句。”（兰波）——在那教堂的钟声响起之后，她的歌唱是海潮在远处的轰响，是幽深山谷中的回声，是森林中林妖的情诗，是清澈溪流中淙淙的跳跃，是叹息，爱尔兰大地的叹息，响起的时候，让人有一种处身于瑰丽神秘的星空中的感觉，而我们四周的星子，每颗都是梦幻般闪烁异彩的水晶。

5

叶芝出生十九年之后，又一个文学天才在爱尔兰的都柏林诞生了，他就是在四十岁前就完成了“包罗万象的作品”《尤利西斯》的詹姆斯·乔伊斯。《尤利西斯》的诞生后来被誉为是二十世纪文学的一次革命。一九八八年法国出版的《理想藏书》一书把《尤利西斯》放入英语文学前十本之中，书中说：“在以内心独白为载体的‘意识流’作品中，作品（指《尤利西斯》）完成了它作为报道、搬演、词语汇融记录的功能。让我们随着作者意识的流动，听任乔伊斯把我们带到都柏林的心脏，看看他是如何在饱含讽喻的追踪之尾重构‘半身不遂’的城市的灵魂。”

与叶芝完全不同，乔伊斯是怀着对于他所处环境和社会的强烈不满开始他的文学生涯的。他不仅痛恨当时的爱尔兰，也讨厌自己的家庭，他在给后来成为他妻子的娜拉的信中说：“我从心中摒弃这整个社会结构：基督教，还有家庭，公认的各种道德准则，当前社会的阶层以及宗教信仰。我怎么能爱我的家！我不过是来自一个为遗传下来的挥霍行为所毁坏的中产阶级。我母亲估计是被我父亲的疾病以及历年的苦恼折磨而死的。当我望到她躺在棺材里的那张脸时，我看到的是那么灰暗、为癌症所折磨的脸。我知道我看到的是一个受害者的脸。”乔伊斯还曾公开对人说：“爱尔兰不喜欢我，正如挪威不喜欢易卜生。”在这里，乔伊斯把自己和易卜生作为“同类项”并列在了一起。

爱尔兰和挪威都是欧洲边缘的小国，挪威在北边，爱尔兰在西边，却又都有悠久的文化传统，在和异族文化的抗拒中也都艰难地保存了自己的文化；除此之外，乔伊斯和易卜生一样，他们都是他们那个时代和社会的叛逆者，这两个原因是当时乔伊斯倾心于易卜生最主要的原因。在乔伊斯十八岁上大学的时候，他在学院的文学和历史协会发表演讲，题目是《戏剧与人生》，同一年，他写了一篇名为《易卜生的新戏剧》的文章，登在英国的《半月评论》上，受到了年过七旬的易卜生的称许。

次年，乔伊斯写了一封信给易卜生，在信中，乔伊斯写道：

我已经在大学里喊出您的名字。这里有些人对您毫无所闻，有的则阴阳怪气。我提出您在戏剧史上应有的地位。我阐述了您的卓越——崇高的力量，也指出您的讽刺多么锋利，以及您在技巧上的运用和您的作品多么完美和谐。您以为我这是英雄崇拜吗？不然，在辩论会上，当我谈到您的作品的时候，大家都洗耳恭听，没人叫嚣捣乱。

人们总是把自己最珍贵的保留起来。我并没告诉他们何以您的剧作使我感到如此亲切，也并没提您一生的战斗和胜利怎样感染了我，没提到您在探索人生奥秘上所表现的坚强毅力，您对公认的艺术教条规范的彻底蔑视，以及您决心走自己的路的英雄气概。

从乔伊斯的这封信中，我们不难看出他对易卜生的崇拜和易卜生对他的影响；所以有人说，《尤利西斯》中有易卜生的影子。乔伊斯崇拜易卜生甚至迷起了挪威文。

也许是巧合（我并不如此认为。我认为是两者自然及文化相互契合的结果），由爱尔兰小提琴手芙露娜·莎莉和挪威音乐家罗尔夫·兰菲伦组成的神秘园乐队被人称为神奇组合，在听神秘园音乐的时候，我会想起乔伊斯和易卜生。一九九五年，芙露娜和罗尔夫合作的仅有二十四个单词的歌曲《Nocturne》（夜曲）获得欧洲歌唱大赛冠军，其第一张音乐专辑《神秘园之歌》自在美国推出后，迅速打进了美国公告牌杂志新音乐排行榜，达数月之久，全球总销量高达六十五万张。

《神秘园之歌》优雅清新，虽是New Age的风格，听来却有一点古典音乐的味道，有着北欧的风情，也有着爱尔兰大地迷离传奇的梦幻色彩，空灵优雅之中，瑰丽的音符又不断地闪烁其中。这张CD虽有十三首曲子，但相互间却是有所辉映的，它们都围绕着一个音乐主题贯穿始终。

《神秘园之歌》可以称为用音乐谱写的诗，大自然的神奇和奥秘融入了如诗一样的旋律音韵中，其韵外之致亦就尽在悦耳、优美的旋律之中了——既是抒情的音乐，又是浪漫的诗歌。可以说，其中的十三首曲子组成了一个没有空间感的魔方，显现出富有诗意的大自然的音乐风情。欣赏《神秘园之歌》的音乐宛如是在读美妙的诗，叶芝的诗，处处可感知其意境和自然的美妙。

神秘园乐队的第二张CD是《白色石头》，《白色石头》本来是一个童话故事，但经过芙露娜和罗尔夫音乐天才般的演绎，它神奇般地变成了十四首精美套曲。这个童话故事是这样的：一对聪明的小兄妹偶然得知父母没法养育他们，打算将他们弃于森林，希望有好心的人收留。小兄妹知道了父母的想法后，便收集了很多白色的小石头揣在身上，当父母带他俩去森林时，他俩便沿路放下白石。后来，他们的父母不见了，两人便在晚上，在月光的映照下，以白色石头的反光为路标，回到了家中。这是一个美丽的童话，那些闪耀着月光的白色石头在我的心目中就像天空中的银河一样神奇美丽。在这张专辑中，十四首作品更加多元了，注入的元素也比第一张多些、丰富些，在新音乐和古典音乐中，它的爱尔兰民歌色彩也有所突显，芙露娜的小提琴也更见辽阔和挥洒；它除了有给人感官享受的旋律外，还有着透彻心灵的东西。

芙露娜和罗尔夫说，每个人的内心都有一个独特的地方，每当我们痛苦、失落的时候，我们可以借此获得安慰，平静心灵，这个在我们心灵中永生的地方就叫“神秘园”。

窗外是冬天的月光。冬天的月光照射在水洼中的冰上，就像是一面面镜子。我在楼上俯瞰这些地上的镜子，它们的幽深让我想到时空的阔大无边。然而，在我打开音响，沉浸在特别注重音乐性的神秘园音乐中的时候，我的思绪跟随旋律飞翔在了大地之上，已逝的时间和未来的时间正在被我忘却。

杯中杨花

我是一个喜欢喝啤酒的人，喜欢生啤酒的凉、爽和淡，这与听装或瓶装啤酒的口味迥然有异；也喜欢独个儿喝，这样可以喝出味儿来，不像成群结伙时的大灌，如牛饮一般。

下了班，坐车回家，看见离家不远的一个小店正在卖生啤酒，便挑了一张桌子坐下，要了啤酒，一边慢慢地喝，一边看不远处的几棵街边的杨树在风中翻动着翠绿的叶子，看傍晚的阳光像一个喝醉的人站不稳脚跟一样在摇动的叶上不能歇脚。

第二杯啤酒喝到一半的时候，当我再次端起杯来，我看见一朵白雪一样的杨花正在我的啤酒杯中漂浮旋转。我甚至不敢再端起杯子来喝酒，我害怕在杯子倾斜的时候，杨花会沉入酒中。我就那样盯着在琥珀色的酒面上悠然滑翔的如絮杨花——它太小了，只有一粒饱满的大米那么大。

我坐的地方离那几棵杨树还是有一定距离的，我头上的天空中也不见飘扬的杨花，而它却在我毫不知晓之中落脚在了我的啤酒杯中。我想，这其中一定有着我所不知的缘分和天意般的神奇。

过了一会儿，杨花仍然在酒面上漂浮着，我试着轻轻地摇了摇杯子，它也没有沉下去。也许是生啤酒太凉了，这比春天低了许多的温度冻僵了杨花的身体，反而不能融化它、浸埋它了。我噘起嘴唇把杨花吹到杯子的另一面，它像一个冰上芭蕾的高手打着旋转远去了，我这才又端起杯子来徐徐地喝了一口。在喝的时候，我的眼睛使劲上翻着，一直盯着它，担心一不小心它就顺流而下钻进我的嘴里消失得无影无踪。就这样，我慢慢喝完了我今年的第二杯生啤酒，留了一点酒根，让这云絮般的杨花仍然轻盈地漂浮在酒面上。

老板问我，还喝吗?

我的手扶着杯子，说，不喝了。

其实，我原来是想喝三杯的。

我又坐了一会儿，这才起身回家。我把一本书忘在了那里，走进小区才想起来，便又走回去取。远远地，我的目光就投向了我坐过的那张桌子。那张桌子空在那里，但酒杯已经被老板收走了。

我抬头向不远处的那几棵杨树望去，夕阳中的杨花纷纷扬扬，使黄昏中的光线变得柔和轻盈起来。

我的脑子里回旋着杨花。萨天锡说“雪白杨花扑马头，行人春尽过徐州”，而吴少芸却言“白莲憔悴人寻社，杨花萧条鹊噪村”。韩愈《晚春二首·其一》，写的是东晋才女谢道韫的故事：“草树知春不久归，百般红紫斗芳菲。杨花榆荚无才思，惟解漫天作雪飞。”杜甫诗中有一句是：“杨花雪落覆白苹，青鸟飞去衔红巾。”说是杜甫在此隐指杨国忠兄妹间的暧昧关系，讽刺其荒淫无道，其中的“机关”在北魏那位胡太后所写的《杨白花歌》中，云：“秋去春来双燕子，愿衔杨花入窠里。”这样的影射实在让人费脑子，读书不求甚解如我者，其实读诗多愿做字面解。

郁达夫先生也用诗笔写过：“细雨成尘催小草，落花如雪锁长堤。”想到先生的身世和他另一句“烟花本是无情物，莫倚箜篌夜半歌”，这样的诗情画意中，竟给我神伤黯然之感。如果这只是像杨花落地一样无声的叹息的话，那曼殊大师的“一杯颜色和双泪，写就梨花付与谁”就令人唏嘘了，从中不禁让我想起他的家国忧思、身世飘零和爱情苦痛。

对那偶然飘落在我的啤酒杯中的杨花，我在静夜中写下了如许的感触——我思绪的滑翔亦像那酒面上的杨花，既是自在的也是不由自主的。我有些疑惑，我是不是也成了一个关注“杯中风波”的作文者——我不得不自惕；但我又想，如果我成了一个对于生活的实在和亲切之中生命的灵魂和诗意毫无感情的人，那我面对电脑大海和天空一样湛蓝的屏幕，还有什么话需要说出呢？帕乌斯托夫斯基在《金蔷薇》一文的结尾中，借一个老文学家的杂记写道：“每一个刹那，每一个偶然投来的字眼和流盼，每一个深邃的或者戏谑的思想，人类心灵的每一个细微的跳动，同样，还有白杨的飞絮，或映在静夜水塘中的一点星光——都是金粉的微粒。”（李时、薛菲译）

我关了电脑，关了灯，从冰箱中拿了一瓶啤酒，倒在杯子中，端着走到阳台上，夜空中的星光在一个个正在熄灭的白色泡沫中闪烁，然后便静静地倒映在芳香的酒液之中了。

山中笔记

1

如果说，一个人在平日里的繁忙中度过，为了保持自己身心的健康和快乐而在内心里缔造了一座花园的话，那么，生机勃勃的大自然则是一个人可以听见它的歌唱和呼吸、看见它的色彩和万千姿态、闻见它的芳香和气息的生命故乡。你就在它的怀抱中，它是真切的，你甚至听见了它的心跳（还有你自己的心跳），而不像你的心灵花园那样虚无，那样如梦似幻般缥缈。一个人仅仅有一座心灵的花园是不够的，还必须尽可能地在大地上的花园中亲身体会山的雄奇、水的奔腾、鸟的飞翔、云的体态和松风的吟唱。在这样的生命的故乡中，你才会有最生动的生命的记忆和回想，才会有来自心底的终生难忘的歌哭。

2

白云山在豫南的嵩县，洛阳往南约两百公里，现在是河南省自然保护区，其峰海拔三千余米，是中原第一高峰，其原始森林中的植物种类也是中原第一。游走在白云山中，穿过茂密的树丛，在群峰之上最高的山巅眺望远山和天空中的云海，我感到自己的身体不知在什么时候变得像一朵白云一样轻盈起来了——也许是在溪涧光滑洁净的大石上那个短暂的梦中，也许是弯腰掬起仙女池中纯净的泉水的那一刻，也许是九龙瀑布飞溅出的水珠打在我的额上的那一刻，也许是绿树蔽日的森林中那一声清亮的鸟鸣射入我的心间的那一刻。元代济南人散曲家张养浩写过一篇《标山记》，待他登临标山，有句云："神超气逸，身欲羽飞。"可见，人身是有清浊之时、轻重之时的；而青翠山林当是驱逐人身重浊的仙地。

3

突然起风了，刚才还能听见的声声鸟鸣突然都噤了声。这是下午，在白云山之巅，太阳在西山之上，我不知道是一棵棵高大的松树和已经凋谢了花朵的杜鹃树（大的杜鹃树竟有数百年的树龄，直径逾米）在风中摇晃，还是阳光在摇晃。在山风最初来到的时候，山风是强大的，呼啸的松涛在山谷中回旋。这声音就像一首乐曲的引子部分，气势磅礴。随后，风弱了下来，可以听见山上一个个突兀出山体的大石的共鸣和树丛中朽枝落地的沉闷的声响，像是远处飘来的断奏。我在等待着强劲山风的再次来临，它注定会来临的。慢慢地，山风快了起来，力度从弱到强，松涛的喧响和大山的呼应中，这阳光中的旋律有着不断出现的大跳音程，节奏复杂多变，有着复调音乐的味道，甚至可以听出其中的对位来。我站在就像是一条巨鲸的脊梁的山顶，山风吹乱了我的头发，把我的衣衫吹得噗噗地响，我的眼前是兀立的奇峰异石和挺拔的苍松和红桦——被山风吹奏出的轰鸣正在诉说它们伟岸的形象和豪放的气势。

4

在风中的山之巅，我盼望着能听见一声或者两声鸟鸣，在这由山风和大山本身演奏出的巨大的交响音画中，鸟鸣之声可以成为其中最动人心弦的颤音，但我却没有听到。强劲的山风把它们的声音刮跑了，我甚至连它们的身影也找不到了——它们躲到安全的地方去了。我注意到了，从山脚下往山上爬行的时候，山脚和山腰间的树上都有一些像美人脸上的黑痣一样的鸟巢，但山顶上却没有。鸟们一定知道，当大风吹来的时候，它们的鸟巢会被吹散在天空中。诗人们会把在风中飘散的鸟巢比喻成飞翔的音符，但鸟们显然不会对此产生任何诗意。我看见过一幅画，画上一支被音乐撑满的小提琴的共鸣箱爆炸在蓝色的天空中。

5

我看见了一只鹰，仅仅一只，我不知道它是从什么地方飞来的，它闯进我的眼帘的时候就要落在我对面山巅上的一棵松树上了。风太大了，就连鹰好像也难以在风中稳住自己的身体一样。它的翅膀没有动，它一直试图停在它近处的树上，就像一架直升飞机落地时那种迟疑试探。最后，它终于在树上落下了脚，隐藏在松树的绿冠中，没有了影子。我坐在那里，一直望着那藏了它的身体的那棵松树，过了七八分钟，它才又从树上飞起。它飞起的速度并不快，也像是直升飞机的起飞，而不是被一些人认为的像箭一样地飞出去。它的身体甚至在树冠之上停留了短短的一瞬，然后才飞走了。也许它只是在树上随意地停留了一会儿，就像我们在林中散步，突然想在拱出地面的树根上坐一会儿一样，没有什么目的；也许是它确实飞累了，想在树上积攒起在空中和在风中渐渐失去了的翅膀上的力量。我想到鹰停留过的那棵树下去，看看那棵最高的树有什么值得鹰停留的理由，但我却在两山之间的峡谷前止了步。两山之间的峡谷间有一座用四根红桦树并成的过山桥，而过桥之后还得沿着几乎是陡立的山壁向上攀缘数米，才能到达山巅，到达那棵鹰停留过的树。山里的采药人就是这样从我脚下的山到对面的山上去的。站在这样在绝壁上搭起的过山桥前，风更大更响了。

6

居白云山下的白云宾馆，夜里醒来，听见山中的条条山潭和小溪中的蛙鸣，此起彼伏——如果声音也有光芒的话，山里的夜空中一定有着闪闪烁烁的美丽弧光。不知为什么，有着十五年乡居经验（在丰饶的川西）的我过去从来没有注意过蛙与蛙的鸣叫有什么不同。我说的不是方言或者地方口音，我想，全世界的同种类的蛙可能都是一个口音。但在山之夜中，我确实听出了蛙声与蛙声的不同，但只有两种不同的声音（不太容易形容）。联系到雄蝈蝈儿才会利用前翅基部高速摩擦而发出声音，雌蝈蝈儿则无此功能，我猜想，一定是雄蛙和雌蛙的叫声不同，我才听出了这众声喧哗中的区别（此一点未能得到证实，《简明不列颠百科全书》中也未对蛙声有解说）。人对某种事物的关注是需要心境的，其实就是在我居住的濮阳小城，在每一个夏天的夜晚都是可以听到蛙鸣的，但十七年中我却从未注意过蛙与蛙鸣声的不同。对了，在山中的深夜里，我还注意到在喧闹的蛙声中，那无数的蛙（至少在方圆五里中的蛙）会在突然间噤了声，两秒或者三秒之后，它们又纷乱地高叫起来。在它们噤声的两三秒中，夜真静啊！是什么样的指令，什么样的神降临，是什么我、我们人类无法听见的声响，使蛙们噤了声，使它们像闭着眼睛醒在床榻上的我屏息静听山的声音、蛙的声音一样，倾听那使夜完全静止下来的声音？

7

在家里时，我每天都要听碟，一张、两张，甚至更多。临来山里时，我曾想带上我性能良好的盒带随身听，临走时想了想，终于没带。山的声音，自然的声音，是天籁之声，是与音乐具有同样神奇之美的声音——何况音乐在什么地方、什么时候都可以听，而山中的自然之声却不是随时随地都可以听到的。居于纷乱嘈杂的城市中，为了听一听久违了的山野之声，我买有两张自然音效的碟，技术高精的录音师用先进的设备在山间原野录下了兽类、秋虫、鸟类、蛙、蝉等自然中精灵们的声音。到了山中，我深为自己不带随身听进山的决定庆幸，山间的自然之声对久违了乡居生活的我来说，比圣乐都更能使我的耳朵和心灵干净。在白云山原始森林中漫行，碰见了一队来自城市的年轻浪漫的游人，他们中有好几人耳朵上都挂着随身听的耳机。我想告诉他们，戴着耳机在山中游玩，听不见这山中的鸟鸣，山溪在石间跳跃、回旋、奔流、缓行的声响，远处或近处瀑布的轰鸣，风穿过峡谷和树间的啸吟……还不如待在城市的小屋中翻看一本本风景画册呢。但我没说，我不是想自私地独享这人间天籁，而是想，美是要自己去发现的。我有一套四张的美国国家公园系列专辑音碟：钢琴家里克·厄兰（Rick Erlien）完成的《优仙美地》，全碟只有钢琴一种乐器；由长笛手根吾（Nicholas Gunn）包办的以长笛和电子合成品为主的《大峡谷》（不同于美国现代作曲家格罗菲（Ferde Grofe）用音符写成的游记，交响组曲《大峡谷》）；作曲家麦肯（Gary Remal Malkin）用动人的电子乐和管弦乐描绘其壮丽景色和神奇烟霞的《大烟山》；最后一张是由马斯·拉瑟（Mars Lasar）创作完成的《奥林匹克》，大自然的音响从碟中源源不断地释放出来，宏大的音乐衬托出了美国奥林匹克国家公园的美丽景色。但身在白云山的原始森林中、在风中的山之巅，我还是感到音乐描绘的山川景色和大自然的音响逊于我眼前真实的风景和耳畔有着清气的自然山声。

8

带了些纯净水进山，一路上喝了一些。其实在白云山自然保护区里漫游根本无须带什么纯净水——山里到处都有纯净水，真正意义上的纯净水。一路上不时有清澈凉爽的流泉从石缝中流出，小则如豆大的雨滴，如蜿蜒的一线，大则如腕，轰然有声；还有一道道山溪，从崌山崖上跌下，挂在山间，或者落在潭中，然后平静下来，在涧中的石间，左绕右拐地寻下山的出路。我的手中总是拿着一个空空的纯净水瓶子，口渴时，便用它接了，灌一气，醇，微微有些甜，还真凉，像刚从冰箱里拿出来。有些城里人不敢这么喝，怕闹肚子，其实根本无须此虑。白云山远离城市，没有污染，山泉乃山气所凝，是日月的精华。我小时候在农村，夏天口渴了，从来都是抓了木瓢，从水缸里舀一瓢，痛饮。那水是从井里打上来的，其味至今难忘。我写有一篇《井》，写到了老家那口在一棵皂角树下、一垄竹旁的老井。山有多高，水便有多高，一座山与一座山有异，水也各不相同，喝山里的水，其实就是品尝一座山的味道。我想，即使许多岁月过去之后，我的舌尖上仍然会停留着白云山以及其他美丽的山的影子，就像恋人的舌唇之间留着恋人的芬芳一样。齿颊留芳，不绝如缕。

山中听水及鸟

昨夜宿无电无水的天子山庄，四月的南方山中雨夜仍然春寒逼人，我们三人围坐在火炉边，在红红的木炭的映照下，漆黑的房间中，只有我们三张脸红得像三张彩色负片。我在别处从未见过这种火炉，四四方方的，小方桌那么大，高不足半尺，湘西人称之为火塘。这种火炉大约是湘西独有。在火炭燃烧散发出的松木之香味中，我们的头发和身体都向外冒着一缕缕乳白的雾絮，那是我们一整天都在雨的山中游荡的缘故。这山雨雾气在我们的身心中留下了接受大自然洗礼时的记忆，带走了我们在尘世的污染和俗气。

刚醒来，我就听见了鸟叫。我拉开窗帘，推开窗户，看见无数的鸟儿在红色的朝暾中穿梭飞翔，歌声婉转。我差不多能看见它们的眼睛，在天空中飞翔的鸟儿的眼睛使我想起夜空中美丽的流星。

离开天子山庄，我们沿着一条游人不常走的小道下山。路极陡，且蜿蜒曲折，金鞭溪清澈的水声中，天子山的山峰和山峰间的丛林渐渐远去。四体不勤的我们时常停下来擦汗休息、看山望景和濯足听泉。几天来，在这绝佳的山之峻秀和水之清音中，我听见了天籁般的水声和鸟声。

武陵源中，水声四处可闻。金鞭溪上有一瀑布，名“鸳鸯”，堪称一处风景。两股水流从高高的断崖处跌落下来，雾化的水流白纱般飘荡而下，那么柔软的水却发出訇然的轰鸣。我站在瀑布之下，沐浴着这细如烟缕的水沫和动人心魄的声音，久久仰望着水奋然跃下的断崖，望着断崖上那道时隐时现的虹霓，虹霓后那明亮的天空。那是水涅槃的圣地，在这之前，水躺着，像是地上缓缓流动的梦幻。而在此处，水义无反顾地纵身一跃，即使粉身碎骨也要挺立起来，发出它们一生中最大的声音。真的，人在瀑布这种水面前，会感到一种人格的力量，而不是那种与女人连在一起的古老的诗意。

离开鸳鸯瀑布，我仍不时回过头来遥望它的身影，它那巨大的声音跟随我们走了很远。

如果说水之瀑布是儒家为了追求人生的辉煌，为了兼济天下，为了功成名就的入世的话，那么山涧溪流则是道家无为而为，“生而不有，为而不恃”，“情欲寡浅”的出世。我是一个俗人，既无勇气又无才气，而只能“临渊羡水”，钦佩瀑布的勇毅，欣赏溪流的本色平淡。其实，即使是缓缓流淌的溪流，不也是绚烂至极之后的平淡吗？

那个傍晚，我独自一人从简陋的旅舍来到屋后不远的溪边，坐在溪边被季节的水流冲刷得光滑的大圆石上，听任溪水那平静中娓娓的声音浸润我的身心。清澈的水流滑过一个个大大小小的鹅卵石，拂起石上绿绒般的青苔，黄昏闪闪的波光中，我不能分辨溪流的何种形态发出了何种声音。

夜幕逐渐垂临，四周已一片昏暗，只有我眼前的溪流仍漂荡着明亮的暮色。那一刻，我感到这明亮的暮色有着一种不可言说的奇妙的凄清。清澈的溪流在我的眼前流过，其实也是从我的心田中流过，记不得是哪位作家说过了，他说，倾听山中水的清音能够纯洁混杂的心灵。

月亮轻如小猫之爪的双手不知什么时候搭上了我的双肩，我仍然坐在溪边那个被岁月冲刷得布满时间的沧桑的兀石上，听水，望月，那山间的古寺传出的磬声听起来是那样的清淡和悠远，在这山谷的上空，初夏的月亮独自清寒。我知道，这深谷的水音，在这静夜中仍然不息的水音来自像我身下这样沉默的石头，山中的溪流以水为琴，以无言的山石为琴，以月影为琴，夜夜轻诉，不绝如缕。我想，在我匆忙的人生中，我一定会再次来到这里，坐在缘水而生的石上，在溪边披月而坐，听这因石而歌的水音，让我清癯的身影与这深谷的水音一起，随波呢喃并相守通宵。

可以这么说，每一个在山中的夜晚，我都是在水声中枕水而眠，并安然入睡的。在我的建议下，我们总是选择有水绕行的客舍居住。穿过月光的水声听起来总是那么清晰，白日时浑然一片的水声在夜里却是那样的层次分明，像多声部的合奏，像管、弦、键诸类乐器天衣无缝般的交响。但在山中的早晨，水声总是让位于鸟鸣，鸟声穿过水声，把我从梦中闹醒。醒来的我总是安静地闭着双眼，懒在床上，专心地用自己所有的关于鸟声的知识和经验，妄图通过鸟的鸣声来点数屋外的天空飞翔着的那些鸟，或者凭着自己的想象，去听懂各种不同的鸟鸣的意义。我知道，孔夫子的乘龙快婿，那个叫公冶长的人善解鸟语。其实，我想，鸟的鸣声对不同的人来说应该是有不同的意义的，否则公冶长为什么不给两千多年后的我们留下一部《鸟语词典》呢？

我不喜欢城市中的鸽子。大约鸽子只能算是城市人豢养的寄生之鸟，所以它们没有歌唱的才能。鸽子咕咕咕的叫声让我想起我童年的饥馑生活。那时候的我总是吃不饱，还没到吃饭的时间，肚子就咕咕咕地叫个不停；所以我说，鸽子的叫声就像人类饥饿时肠胃的抗议。

我甚至违背鸟类科学地想，之所以鸽子不会唱歌，是因为它们总是待在城市之中，听不见别的鸟的声音，就像天生的耳聋者没有语言能力一样——没有学习和模仿，本来的潜能也会丧失。

在我生活的城市听不到自然的鸟鸣，也看不见自然中的鸟。在没有办法的情况下，我只好带着我的小女儿去到公园的笼前看那些可怜的被人囚禁的小鸟。那样的鸟鸣在我听来，就像是鸟的抗议，或者说是鸟为了讨得主人的欢心而放的嗲声和为了生存不得已的表演。现在，要想听见清脆的，在天空或在树丛中自然的鸟鸣，就只有到大山中来了。

山中的鸟只有害羞，没有防范。一些调皮大胆的鸟就停栖在我居住旅舍的窗台上。它们在窗台上悠然地踱着步，或者鸣叫着飞起，划过一个不大的圆圈又很快回来。它们的眼睛是那样的透明晶莹，那样的多彩，让我想起山中早晨阳光穿过身心的叶尖清露。所不同的是，阳光在露珠中停留回旋，漫射出五彩的光环，耀人眼目；而鸟的眼睛却像清泉洗过一样纯洁和平静，没有逼人的视线。如果我们和鸟儿相视，我们除了微笑，不会有别的表情。

在春天，山居的早晨，我的木屋之外跳跃着那么多、那么美妙的鸟鸣。

漫山遍野的鸟鸣，满天空的鸟鸣，清脆的、婉转的、嘹亮的、圆润的鸟鸣，长声的有六七个音阶长，起伏回旋；短促的却只有一个音阶，但听起来却毫不单调，给人一种快人快语的感觉。没有污染的山林给我们保留着这份难得的音乐的早餐。我想，如果我们的眼睛可以看见声音的轨迹，那山中早晨的天空就是由璎珞编织而成的美妙的天空。

几年前，我去过河南信阳的南湾水库，那个极大的水库中有一个小小的鸟岛。我乘坐轮船到了岛上。岛的四周全是清澈的水，远远地，驾船的人就熄掉了响声巨大、燃烧不良，总是冒着黑烟的柴油机。那一刻，风平浪眠，四周是那样的安静，鸟的声音传过来，是那样的清晰可闻，那样的清丽动听，就像是被环抱着它们的水洗濯过的一样。我甚至觉得，我脚下的船、船下的水都是因为这些清纯的鸟歌而轻轻摇动的。

安静的船依靠惯性靠拢了鸟岛。我跨上岸，独自一人朝林中深处走去，然后坐在了林中潮湿的草地上。我闭着眼睛，期待着自己能在那短暂的时间中沉入梦乡。我实在不知道，我的一颗有着不少妄想而又有着不能消除的倦意的心，能不能在那一刻停靠在鸟儿们以大籁为语的净岸。

在那样的静坐中，我忘掉了语言，甚至差点儿忘掉了和我同游的朋友，忘掉了归程归时。我在岛的中心，树林的中心，鸟歌的中心，围绕着我的身心的是阴凉的树林，围绕着树林的是鸟的歌唱，围绕着鸟的歌唱的是清澈白亮的水。

那么多的鸟，那么大的鸟在我的头顶飞翔，从树的枝间飞起或者落下，毫不害怕像我这样来到岛上“观光”的突异陌客。飞翔的鸟的翅膀不断把云影扇落到我的身上，我动也不动，甚至说不出话来，坐于鸟歌之中，我只能发出喑杂之声的声带，哑默而浑然不知。

后来，我睁开眼睛的时候，我看见一只白色的大鸟悠然地在我的身边踱步。我想，百年听歌仍无琴相随的我，在它的眼中，可能只是这岛上一块瘦削的石头。

住在云南昆明的诗人于坚婴儿时患急性肺炎，因注射了过量的链霉素而影响了听力，不能听见表、蚊子、雨滴和落叶的声音。他在《关于我自己的一些事情（自白）》中写道：“多年以后，我有了一个助听器，我第一件事就是跑到郊外的一个树林子里，当我听到往昔我以为无声无息的树林里有那么多生命的歌唱时，我一个人独自泪流满面。”

我不知道，于坚去的郊外树林是不是在昆明的南山。我从万里之外的北方中原已经去过两次南山了，那里埋葬着中国现代音乐的一只灵异之耳——聂耳。我在南山上听见的山林之声是我许多关于美好山林之声的回忆之一。能枕于南山的山林之声和山下滇池夜里缥缈的涛声中，爱音乐的聂耳是有幸的。

有耳疾的于坚是不幸的，而没有耳疾的我们又何尝有幸？当厌于这个世界的喧嚣和聒噪的时候，我们却无法拒绝它们对于我们耳朵甚至心灵的入侵。于此，于坚却可以幸免。我想，我们对抗喧嚣和聒噪的办法和于坚戴上助听器到郊外的树林子里相同，山林中生命的歌唱——水的声音、鸟的声音、雨的声音、树林的声音将净化我们的听觉，山林中清新的声音之水将把我们耳朵中的垃圾冲到我们听不见的地方，重新还给我们一个纯洁的世界。

闪电中的鸟

那是五月的夜晚，当天庭响起今年第一声雷鸣的时候，我正躺在床上读一篇很有些意思的小说。几乎是全神贯注。那是一个许多年前的故事了，我一页一页地读过，那些陈年旧事就在我的手中，在书页间发出轻微摩擦的声音。

我放下书，从床上支起身体，双手扶窗，盘腿坐在床上。在充满凉意的玻璃后面，我看见一道道闪电在黑黝黝的原野之上，一次次把夜空照得雪亮。我看见那些刚刚抽穗的麦苗，用足趾拼命地抓住土地，一次次弯下腰，又一次次地用力挺起来。而我平时在这原野上，迎着向晚时分太阳金色的光芒，穿过它们时，这些麦苗是那么的柔弱，像一位位古代的仕女，一袭绿袍，让我感怀，这就是金黄麦粒的母亲吗？她们的儿子竟要以面包的形式在城市的餐桌上消失吗？而今夜，她们却坚强得让我落泪，让我无以为言。

这些来自天边的远雷就这么一次次地在田野上滚过，沉闷地在空中扩散。在雷声的间歇中，那些来自北方的风就一阵阵刮过田野，刮过苍茫的夜色。一根根横过田野上空的电线，便如颤动的琴弦，发出呜呜的声响，忽急忽慢。雨点在房顶上滴滴答答地跳着。起初，雨足在干旱的土地上还跳溅起淡淡的土尘，一会儿之后，土尘便消失了，一股股微凉清新的夜色就连同风雨一起挤进我的窗户。我的窗外，那一望无垠的麦地上就清晰地传来土地、麦苗、树叶和草拼命吮吸清凉雨声的音乐，在我的心底回荡。

其实，在这次的雷雨中，使我终生难忘的是一只青鸟，一只不知名的青鸟。也许每晚它都栖息在我窗前的树上，守护我这个喜欢熬夜的人，守护我困倦之后沉沉的梦境；而我却并不知道，连一次最普通的问候和致意都没有。

在一次雷声中，我听见了它惊惶的叫声。它从被风吹得弯曲的树上箭一般地蹿向空中，穿过闪电。它那美丽矫健的身体在闪电中，在我的窗户上掠过一道笔直的暗影。那晚，我在窗前静坐良久，在闪电无数次照耀的夜空中，我盼望着它那矫健的身影再一次在我的注视中闪现，再一次箭一般划破闪电的光泽，回到我窗前的树上。我愿意推开窗户，伸出双手，捧回这凯旋的英雄或者受到伤害的鸣叫，让它和我一起在我小而零乱的家中度过这飘着雷电的风雨之夜。

然而，它再也没有回来。连同它那惊悚的叫声，我都再也没有听到。而我是多么盼望它归来啊！也许，今生今世，在所有的闪电中，我都会仰首注视天空。

在冬天的尾声中阵亡的鸟

每年，几乎是每年，那最初的春天总要穿过一场很大的风雪，才能抵达土壤下每一株草的根茎、树上每一片正在萌动的树叶和每一只在冬天中没有了声觉的鸟的叫声。

今天，我推开家门，推开因雪的掩埋而显得尤其沉重的门扉，推开因经年的岁月，总要发出吱吱扭扭怪声的门扉，看见了你，一只无名的鸟，在我的门前，蜷缩着双脚，像一个硕大的土豆，褐色的土豆，冻死过去。你那圆润婉转的歌喉已经停在那最凄凉的音符上，永不再响起；你那矫健的身体在蓝天划过的音乐的弧线已经消逝得无影无踪。只有你那双受伤的脚，在我门前的雪地上，给我留下了最后的美好遗言。这雪地上的爪痕是你向这个世界留下的最后的奉献，而我却宁肯认为你的美丽得像竹叶一样的爪痕，是你在这个冬天的尾声中不幸阵亡时，夜半的呼喊。

我想起昨夜梦中，无数的鸟在树上欢乐的叫声，而我现在却无力翻开弗氏那本《梦的解析》。难道昨夜的梦境与今晨的事实真应验了人们通常的论断：梦与事实相反。我突然想起，我门前的树上，那一年到头都栖满鸟歌的雀巢，那在树的枝丫间悬挂在天上的雀巢。我仰首树冠，枝丫间却空空如也，只有晶亮的冰凌挂满枝头，在阳光中闪着熠熠的寒光，犹如一柄柄悬垂的利剑。

是谁，是谁啊，在我家的树上摘去了鸟温暖的家？

在园中，我用双手刨开积雪，用铁锹在冻土中挖了一个小坑，安葬了你永不会再醒来的肉体，并祝愿你的灵魂仍然能够在天上飞翔。

从你的墓前站起身来，我听见了鸟的叫声，一声声，又一声声，响自极目的云天，那么清脆，那么动人心魄。我不知道那是不是你的肉体的再生和涅槃，是不是你的灵魂的飞升。我甚至看见了这鸟啼在天上划过的充满韵律的弧线。

我知道，这一声声鸟啼在满怀激情地呼唤春天，呼唤所有的鸟儿醒来，展开冻僵的翅膀在天上飞，放开哑默的喉咙在人们的头顶歌唱。因为，鸟儿们知道，虽然在无垠的雪地上还散落着无数的鸟的尸体，在雪地上还难以找到草籽这样堪可充饥的粮食，但春天就要来临，雪就要融化，草就要变绿，树就要发芽，花就要含蕾。我想，我除了挥动铁锹，在春天的来路上，铲去冬天的积雪，让春天有一个通畅的归途，让春天不要绕行那无为的路，没有更好的选择。

田野独坐

有好多年，我都没有这样，一个人来到这远离城市和工业的地方，坐在田野中，坐在长满草的田塍上，安安静静地或仰望天空，或环顾田野。

这是初冬的中午，在华北平原的边缘，靠黄河的田野上，初雪还没有降临，土地有些干燥，温暖的阳光照在身上，没有水泥建筑挡住视线，没有生活中的人们幸福、怨愤、争吵的声音。广阔无边的土地从我的脚下，伸向遥远的天边。我的目光似乎绕过了田野中的树、村庄和远天的云彩，望见了地平线那边安静美丽的田园，这田园犹如一首乡村民歌的朴素场景，我梦中的田园。

天空中一朵朵白云悠然地舒卷和移动着，时而浓时而淡。那金色阳光的梯形缎带从云层间漏出，笔直地披挂而下，在接近土地的时候，融化成透明的空气，包裹和抚摩土地之上的麦田、树子和土地粗糙的表面。那有着伞状树冠的柳树和修长的白杨就在中午的阳光中，在田野上飘着一层暗影，先是缩短，然后伸长，越飘越远，直至稀薄得无影无踪。这时，太阳便轻巧地滑下了如弦的地平线，在我这个独望者的心中，溅起一串并不激越的和声。

在这立冬的节气中，我看见麦地的绿色越过冬天的寒霜，正在这无边的土地上蔓延，就如我此时澄明旷怡的心境。我终于知道，在那水泥楼房和街间的斑马线、安全岛之中，我久久浮躁以望的，就是一个人在田野中无言无语的视线。

我闻见了泥土腥涩的味道和干草微甜的味道。这些天然的气味从十一年前重又归来，使我似乎回到了十五岁那年离开的乡村，和母亲一起在播下麦子的地里捆扎稻草人。在那上学或放学的路上，迎着初冬时节的风，我总喜欢平举着双臂，在田野中奔跑，赶去那些妄想从麦地中翻找麦粒的鸟儿。现在，我坐在北方的田野中，我知道，我脚下这一垄垄伸向天边的麦田，微风吹过，它们轻轻抖动的时候，那些地下的麦粒，就松开小小的嘴，把麦苗一点一点地向上呼出。我不能看见这个微妙的过程，但能够清楚地感觉，所以我知道。

就这样，在田野中独坐，我常常深入冥境，浑然不觉“我”的存在。那些庸碌浮生的困顿被这空旷的田地和纯朴的空气所稀释。是的，这无边无沿的土地也许千百年来都一成不变，表面粗糙、灰黑。我无法看见土地的深度，我不知道土地下面有什么东西正与我对视。它一言不发，却神秘莫测。但我知道，我将和无数的先人一样，生于土地而归于土地。为此，我感到了无限的安慰。因为在土地之上，我看见了粮食的幼苗和正不断迈向云天的树木，这都是人类最亲近的东西。于是，当我最终从这片土地上站起身，我感到心灵的纯净、平静和轻松。我想，从今之后，我应该形成这个习惯，经常到田野中独坐或散步，应该更爱这片重新给我感觉，给我生活的勇气和信心的田野，或者土地。

那年的雪

一九八一年，我十八岁，一个人背负着一纸箱书，一个铺盖卷，几件换洗衣服，离开学了三年谋生“技术”的学校，离开了生我养我的巴山蜀水，远走低飞来到黄河下游北岸的中原，表面上虽有些仗剑浪游的浪子气概，其实心底里不乏无奈。

那年的大雪确实猝不及防。

那年的第一场大雪来临的时候，我正望眼欲穿地等待一件母亲缝缀的被子和姐姐织的毛裤的包裹从四川寄来。四川的气候和河南相差太大，渐渐寒冷的天气使已经算是自食其力的我忍不住再次向最亲近的人寻求“温暖”。母亲和姐姐日夜缝织，包裹仍然没有赶在大雪来临之前到达。占着“天势”的雪花轻而易举地就赶在了要走过漫漫长途、万水千山的包裹的前面。

大雪是在夜里来临的。我怎么也没有想到，刚刚才入十一月，这雪就这么迫不及待地来临了。大团大团的雪从天而降，在风中翻飞回旋，把本该黑暗的屋子也映照得朦胧地亮了。朔风呼啸怪叫着，那些没关好的窗户、那些临时房子上的玻璃钢瓦就像关在笼子中凶猛的鹰，不断地拍击着翅膀，发出令人恐怖的声音。而在十八岁之前，我从来没有听过这么猛烈的风声。我瘦小的身体蜷缩在薄薄的被子中，久久不能睡去。我脑子里乱糟糟的，不安和恐惧，无助和孤寂一齐爬上心头，弄得自个儿鼻子酸酸的。

我从小在农村生农村长，尝过无数的苦累。想当初，自己一人离乡赴豫，对站在家门前送自己的奶奶、父母、姐姐、弟弟，对自家竹木掩映的破旧的老屋，自己也是硬挺着“挥挥手，作别西天的云彩”，一副雄心壮志，外出闯天下的样子。后来，我想，我当时那种伤感的心情，大约归因于大雪来临的突然和自己期待来自亲人的包裹不到所形成的反差。这突然来临的雪使我措手不及，所以自己也就不知所措了。

睡不着的我一定是把身下的铁床弄得吱吱咔咔地响，所以才惊醒了和我同居一室的陆工的。我听见了他醒来起床的声音。他走到我的床前，我原本睁着的眼睛不自然地闭上了。我不愿意让他看到我酸溜溜的样子。那会儿，我蜷缩的身体大约不得不努力抑制着颤抖和不安，才能装出一副酣睡的样子。

他把一件很重的棉袄盖在我的身上。这种来自非物理的热量顿时使我温暖起来。我闻见了棉袄上那种人所共有的气味，这种气味直至今天仍然记忆犹新。这种充满生活气息的物件在一个人沉浸在自我封闭的孤独中时，会使人一振，感到他人的温暖和亲切，感到人生的可靠和可爱。

陆工回到他的床上躺下。我重又睁开眼睛。这是一件工衣棉袄，又大又厚，劳动布的，上面缝扎着无数的杠杠。这件棉工衣在那个雪夜，使我在无助的孤寂的沉溺中得以自拔，使我难眠中重又安静地沉入了梦乡。

这件棉工衣还使我身处异乡不再有被抛弃的感觉，那年的雪从而也就有了值得纪念的意义。第二天早晨，当我走出宿舍，看到一望无垠的雪原，我的心情已经好得像雪霁后的阳光了。整整一个上午，我控制着到雪的田野中去走走的念头，老老实实地待在办公室中上班。一下班，我在食堂中胡乱地吃了午饭，就一个人跑到田野中。北方的雪，北方的雪原大得令我这个过去几乎没见过雪的四川崽儿不敢相信。站在田野中，环视无边无际的大平原，看银装素裹的村庄上笔直地站着的炊烟，其兴奋不言而喻。雪冷冽的味道和雪被下冬天干草的味道沁人心脾。这时候，那种布尔乔亚式的本性，使我对北方的雪、北方的雪原情不自禁地滋生出浪漫的情调。我在雪地中漫步，或者奔跑，脚下是“吱吱吱”雪的叫声。正午金色的阳光充满天空和地上所有的角落。这阳光甚至像空气，弥漫进了人的肺腔和心灵。那些树，在冬天中落尽了所有的叶子，光秃秃的枝丫虬龙般旁逸横斜。当我低头或抬头，就看见枝丫上的冰凌中有耀眼的阳光上行或下滑，闪烁出的水晶般的异彩，像剑锋上的光芒，刺得人眼睛发花。这使我想起海中的珊瑚，想自己是一条可以爬上树的鱼。

我还听见了铁锤敲击犁铧的声音。“当当当”的声音从雪原上幽幽地传来，传得很远。那是一座小学校。一队背着书包的孩子向学校走去。雪上有一条被他们踩实了的窄窄的雪径。他们沿着这小径，自然地排成了个单列，他们虽然破旧，但仍然黑、蓝、黄、红、绿，五颜六色的衣服在雪原上显得十分鲜艳，像是一支花的队伍向前走着。

一条黑色和一条黄色的狗在他们的身边跑来跑去，鼻间喷出的白色的热气不时溅起路边松软的雪粉。

这时候，我从心底里对北方、对北方的雪有了好感。从昨夜的那件棉袄，到这个中午的雪原中感性的认识，我对我将安身立命的北方有了最初的热爱。

后来，在所有的地方，我的心都有所萌动，想起那件棉袄，想起茫茫的雪原上的树和那队走过雪原的孩子。

往日的家书

窗外正在下雪。这是今年冬天里的第一场雪。窗外，常常有积得太多的雪团从树的枝丫上啪嗒落下的声音和扔雪团的孩子们用漂亮的小皮靴咔咔咔地踩冰的声音。我斜靠在一把木制的高椅上，读一本旧书，林语堂先生的《生活的艺术》。火炉在我的膝前，淡蓝色的火苗轻轻地跳着，把我的脸映得通红。坐在冬天温暖的小屋中，读着《生活的艺术》，林语堂先生的机智和幽默不时使我情不自禁地微笑。

就这样，父亲，您的信自然而又意外地从书页间滑落，如窗外永远不会摔坏一根骨头的雪花一样，静无声息地飘然而下。

我合上书，弯腰把信捡起来，并轻轻地掸了掸上面那其实并不存在的尘土。我那下意识的动作，似乎是要把那时间的影子除掉，而并不是要掸去其上灰尘的微粒。

我开始读你这封寄自许多年前的旧信，父亲。我已实在记不起当初读这封信时的情景了。现在，这信的内容仍然那么新鲜。您在信中谈到了秋收，谈到了母亲的风湿病，谈到了繁忙的冬播。我似乎闻到了冬天中，故乡翻耕的黑色泥土的味道。我一边读，一边就不由自主地相信了，现在您就站在故乡村口的小商店前，问那个曾经是插队知青、卷着发的女售货员，您儿子的回信到了没有。

最后，我的目光停留在信末您留下的农历的日期上，沉思了好几秒钟，然后才抬起头来。而您，父亲，我看见您就坐在我的面前，发黄的牙齿咬着粗大的叶子烟，望着我的身后，那下雪的窗外，透着视而不见的神情。这时，我似乎听见您的声音便如您一口一口吐出的辛辣的烟雾，徐徐地充满我的房间。我甚至有了些呛肺的感觉，真想咳嗽，但又终于忍住了。我感到您的声音就好像是一双陌生的眼睛，在我的书架，房间中每一件物什上停留片刻，似乎要永远记住我这简单居所的模样。

父亲，请原谅您的儿子，现在只记得阳历的日月，而忘记了腊月是什么样的月份。此刻，我正把您书写的信投进炉中，看您一笔一画木讷的字体腾起火苗，舔我突然间无可名状的空落。窗外孩子们嬉闹的声音，摇动树，雪飒飒飘下的声音都显得那么遥远。而远方川西平原上那座小小的村子是那么近，那么清晰，似乎就在一张宽大清洁的玻璃后面，安静地站着。

啊，父亲，您的声音熄灭的时候，窗外的雪下得正大，让许许多多离家远行的人找不到了归途。而您，父亲，即使您现在远在西南，您的儿子想回邮这封墨迹未干的请安的信，向您诉说已有了女儿的儿子的家常，您安居的故园也早已断了任何一条邮路。

捉鳝鱼

当然不能说四川人都是美食家，但四川人好吃、善吃、乱吃却还有些名气。按相声的夸张说法，四川人那真是“长翅膀的，除了飞机；四条腿的，除了凳子；长毛的，除了地毯，全吃！”

一九八一年，我十八岁，背井离乡来到河南北部的濮阳，大小餐馆中竟遍寻鳝鱼而不得了。在四川老家，我不知道吃鳝鱼的历史可以上溯到何年何月。总之打从我记事起，鳝鱼就是桌上的美味。鳝鱼肉细嫩而味鲜美，红烧、干煸都是席上的一道好菜。现在南风北渐，北方已有无数的真假川菜馆，所以朋友聚会，不管来自何方，都几乎少不了一盘鳝鱼，十余元一盘，上桌不多时，基本都能被席卷。

但我至今吃得最香，“余味”最悠长的还要算少年时在老家吃的那顿鳝丝面。鳝丝面必加少许四川泡菜和辣椒，这是做鳝丝面的第一要旨。

家居川西坝，一马平川，水渠纵横，旱地极少，绝大部分都是水田。捉鳝鱼事，大多少年才为，时间主要在插秧后十来天到水稻分蘖，长达三四个月。捉鳝鱼多在夜晚，故需做一个照明用的灯。我们那里大多用煤油灯。乡下人家，只要有孩子上学，墨水瓶总还有。一个墨水瓶，用白铁皮卷一个灯芯管，再冲一个盖子。瓶腰上缠上两侧拧有两个耳朵的铁丝，耳朵上穿上一个弯成铁皮水桶把一样弧形的铁丝，可以左右自如摆动，其大小以火苗不能烧到为宜。其上再系一铁丝，铁丝系到一节用以手握的竹竿上。至此，一盏用于夜间捉鳝鱼的灯便做成了。

除这种特制的煤油灯外，捉鳝鱼还需一个竹钳，我们那地方称之为黄鳝夹子。用三片宽二指，长尺余的竹片，一端削尖，一侧割切成锯齿状，锯齿占其整个竹片的三分之一。一片插入两片之间，齿与齿相向，三片相叠处用铁钉之类铆成可活动的轴心。此夹子非常有效，用劲把两把儿握紧，可夹断鳝鱼的骨头。

夜捉鳝鱼的最佳时机是雨后，待稻田中的水又澄清下来，鳝鱼大约此时在洞中憋闷太久，所以就都优哉游哉地出来“吐故纳新”了。

夜捉鳝鱼没什么技巧，只要眼神好就是能手。至于我的成绩，不可与外人道，与同村的伙伴们相比，大约是第一二名，倒数。这大约要归罪于我那时就有了预兆的近视，成绩不佳也情有可原。有时，自己在前边走，没看见，伙伴在后边却“拾遗不少”，弄得自个儿心里酸溜溜的。常常在田边转悠半夜，才捉得三四根，眼睛发红，鼻孔发黑——煤油灯熏的。如果遇此情况，两个要好的伙伴，“丰收”者怜悯心起，两人就“均贫富”。而有时，却屡屡得手，不到夜里十点便可捉得二三十根，二斤余。这样也要熬到半夜，想“更上一层楼”。可见捉鳝鱼也要靠运气什么的。

除了眼力和运气，当然也要点儿技术，或者说掌握要领。赤着的小脚板在田埂上自然要轻提轻放，煤油灯的灯芯不宜拉得太长，也不宜太短。太长了费油，太短了照明的范围太小。十余年前，乡下供应煤油凭票，每斤二毛七分钱。灯离水田的水面一至二寸，眼睛注视灯光所照的范围，不可稍有放松。若发现鳝鱼，不可高兴得手忙脚乱。鳝鱼在灯光下被惊动前是不会溜掉的。手握黄鳝夹，张开夹口，缓缓躬下身来，夹子入水时却要稳、准、狠。待把夹住的鳝鱼放入篓中，你才可喜于言表地高声告诉田那边的伙伴："又逮着了一根!"

我从哪年开始捉鳝鱼的，现在已记不清了。只记得成绩最为辉煌的一年是我十四岁那年。整整一个夏天，除非雨天，我几乎夜夜不辍。每天吃过晚饭，天黑尽了，腰上背上奶奶为我编的一个肚大口小的鱼篓，左手拿灯，右手握黄鳝夹子，就到田野中做夜游神。那时节，夜捉鳝鱼的孩子很多，田野之中，蛙鸣在夜空中闪烁，灯影幢幢，游来走去，俨然天上的繁星降临人间。

一九七七年，四川的物价还相当便宜，黄鳝以大小论价，大约每斤三毛五到五毛不等。一个夏天下来，我捉鳝鱼卖，攒下的钱竟够买一段自己穿的白色的凉衬衣布料，由二姐添上做衣的工钱，在县城裁做成了。当时穿在身上，虽有些大，不合身，但想到是自己劳动所获，加之同学伙伴的羡慕，自己还是很有些扬扬得意的。要知道，一九七七年，一个十四岁的乡下孩子穿一件雪白的化学纤维衬衣，大约算是开天辟地的。可惜，这件衬衣，我才穿了两年半，母亲买了一段衬衣料，想仿这件已经合身了的衬衣为我添做一件，衬衣放在背上的背篼中，在县城街上被别人"顺手牵了羊"。那时候，人确实穷得没什么志气，一件穿旧了的衬衣都有人偷。

四川还有一个说法，说是秋天的鳝鱼是不能吃的，长了毛。所以父亲那时秋后犁田，从田中翻出不少鳝鱼，都无人捡拾，即使捡回家，也是喂猫。现在却好像无人信这个"邪"了，一年四季，餐厅中几乎都有鳝鱼，也不断有人点吃。只是这些鳝鱼不再是孩子们熬更守夜捉来的，而是人工养殖。而且想捉也没得捉了，因这些年农田施用化肥和农药，加之一些工厂排污污染，水田中的鳝鱼几近绝迹，让环境学家、生态学家徒然叹息："生物链"又缺一环。让曾有夜捉鳝鱼经历的我枉生怀念：黄鳝几时有，夜游故园间。

草木乡情

“人生一世，草木一秋”。

——题记

棉花草（鼠曲草）

一直不知道成都平原俗称“棉花草”的野菜学名叫什么，近日重读冯至先生的《十四行集》，才恍然大悟，棉花草就是冯先生诗中写到的“鼠曲草”。准确地说，在成都平原用于蒸食“棉花草馍馍”的是“小米鼠曲”。

棉花草在故乡除了在春分、清明前后用着蒸食棉花草馍馍一途外，好像再也没有了别的食用方法。至少在我的记忆中，它没有被凉拌过，也没有被炒食过。

我想，成都平原的人之所以把鼠曲草叫作“棉花草”，是因为小米鼠曲刚长出还无茎的时候，叶呈浅白色，叶脉上有一种像棉花纤维一样的白色细茸毛吧；而晒干之后，也很柔韧。

我国食用棉花草的地方不少，但大多在南方，时间在清明时节，所以有的地方又叫它“清明草”；成都平原则在春分时食用；还有的地方则在“社日”吃用棉花草做的“社馍馍”。

说到社日，现在已经有许多人不知道这个日子了。社日，是古代祭祀土地神的节日。周代以立春、立秋后的甲日为社日，以后多有变化，到唐代才固定下来，以立春、立秋后的第五个戊日为春社日和秋社日。社日，可以说是盛大的饮酒的节日，是广大农民祈丰年、庆丰收的节日，特别是在元代以前的唐宋时期。土地神，也叫社神、社公、社鬼，至迟在夏代，已有了祭祀社神的活动。《礼记·月令》《周礼·地官》中都有这方面的记载。为此有些地方还筑有“社宫”“社庙”“社坛”或为祭祀社神与谷神用的“社稷坛”。唐代诗人王驾有《社日》，充分表现了春社日时人们的欢乐：“鹅湖山下稻粱肥，豚栅鸡栖半掩扉。桑柘影斜春社散，家家扶得醉人归。”

当然，吃“社馍馍”是在春社日。

成都平原有过春分会的习惯。春分日，各乡镇纷纷举办庙会，人们到乡间采摘“棉花草”等野菜，洗净切碎后与糯米粉均匀混合在一起，内包肉馅，外包头年的玉米苞衣或芦竹叶，用线系好，放到蒸笼里蒸，蒸好后全家分食，糯软清香，味道鲜美。这种馍馍，一般的人就叫棉花草馍馍，很少的人则会郑重地叫它“春分馍馍”。

棉花草馍馍的馅大致分为两种，一种是鲜肉馅，鲜猪肉切成丁，佐以冬菜，碎葱、韭黄、花椒等调味；另一种则是腊肉切成丁，把水浸泡过后的干盐菜切碎，加上花椒，和在一起。不管是鲜肉还是腊肉，都需是那种肥瘦各半的类型，蒸出的棉花草馍馍才香，才好吃得流油。

棉花草馍馍冷了之后，很硬实，不易消化，需热蒸或油煎后再食。油煎后，有些像水煎包，风味不同，但照样好吃。

对于包子、馍馍类，我的食饮经历告诉我，棉花草馍馍是最好吃的。至今难忘。

有点儿流口水了啊！一算已经有二十多年没吃过了。

清明节，成都平原人则吃艾草馍馍，馅一样，只是把棉花草换成绿嫩的艾草而已。

川西高原的藏族有把棉花草晒干后，做成“火草”的“技术”——就是把干棉花草做成绳，用火时，砾石点着“火草”，用来生火。

周作人先生《故乡的野菜》一文中也说到鼠曲草：“黄花麦果通称鼠曲草，系菊科植物，叶小微圆互生，表面有白毛，花黄色，簇生梢头。春天采嫩叶，捣烂去汁，和粉作糕，称黄花麦果糕。”

冯至先生在他的《十四行集》中有一首诗就叫《鼠曲草》。那会儿是抗日战争时期，冯先生任职于西南联大，住在昆明的郊外。而在《一个消逝了的山村》中，冯至先生写道：

> 其次就是鼠曲草。这种在欧洲非登上阿尔卑斯山的高处不容易采撷得到的名贵的小草。在这里每逢暮春和初秋却一年两季地开遍了山坡。我爱它那从叶子演变成的，有白色茸毛的花朵，谦虚地掺杂在乱草的中间。但是在这谦虚里没有卑躬，只有纯洁，没有矜持，只有坚强。有谁要认识这小草的意义吗？我愿意指给他看：在夕阳里一座山丘的顶上，坐着一个村女，她聚精会神地在那里缝什么，一任她的羊在远远近近的山坡上吃草，四面是山，四面是树，她从不抬起头来张望一下，陪伴着她的是一丛一丛的鼠曲从杂草中露出头来。这时我正从城里来，我看见这幅

图像，觉得我随身带来的纷扰都变成深秋的黄叶，自然而然地凋落了。这使我知道，一个小生命是怎样鄙弃了一切浮夸，孑然一身担当着一个大宇宙。那消逝了的村庄必定也曾经像是这个少女，抱着自己的朴质，春秋佳日，被这些白色的小草围绕着，在山腰里一言不语地负担着一切。后来一个横来的运命使它骤然死去，不留下一些夸耀后人的事迹。

可见，冯至先生对棉花草之爱。而我，对于棉花草这种精神上的认识，应该是我散记这篇《棉花草》时意外的收获吧。

鱼腥草

鱼腥草称蕺，与著名的古城绍兴有关。绍兴是古代越国的首都，那里有座蕺山。两千多年前，越王勾践为了雪耻报仇，节衣缩食，卧薪尝胆，和老百姓同甘共苦，经常登山采食一种带有鱼腥味的野生蕺菜，以牢记国耻。绍兴的蕺山很可能就是勾践采蕺菜的那座山。这段史料说明，蕺菜作为食用，至少已有二千四百年的历史了。

在《本草纲目》中李时珍解释鱼腥草说："秦人谓之菹子。菹、蕺音相近也。其叶腥气，故俗呼为鱼腥草"。他引证"赵叔文医方云：鱼腥草即紫蕺。叶似荇，其状三角，一边红，一边青。可以养猪"。

其实《本草纲目》并不十分可信，譬如："寡妇床头土，主治耳上蚀疮"；而"噎塞不通"，"寡妇木梳一枚烧灰，煎锁匙汤调下二钱"可治，让我当年读《本草纲目》读得哈哈大笑。

叫“蕺菜”的鱼腥草，还有好多俗名，叫得最多的是“折耳根”，也可能是“摘耳根”，或“侧耳根”，我们成都平原则叫它“猪屁股”，也有人叫它“猪鼻孔”的。但我一直固执地认为鱼腥草在成都平原俗称“猪屁股”，这是因为我觉得鱼腥草的叶子像一扇猪屁股。而“猪鼻孔”则语出无据，至少我找不到成都平原的人要把鱼腥草称为“猪鼻孔”的原因。

猪被屠后，其屁股在成都平原被称之为“坐墩儿”；前些年的春节前，四川人家家户户都要自腌腊肉，而“坐墩儿”是腌腊肉最好的猪肉。

我家在成都平原，猪屁股在河边阴湿的地方自然生成，采摘食之者甚少，但都知道它可食，只是不太能接受它的异味，所以不吃。要知道，一般的四川人连芫荽的味道都接受不了。我记得我们院子有一个主人在成都一纺织厂上班的人家，他们家喜欢吃芫荽，每回走过他家的菜园，我都会因受不了芫荽的气味绕着走。

我小的时候，家里凉拌过猪屁股吃，凉拌的是叶子，没觉得多好吃，也没觉得不好吃。

吃得最多的一次是一九九七年去云南旅行，除了早餐，一路上每顿都在吃猪屁股，只不过都是猪屁股黄白色的根，云南人叫它为折耳根。每一顿，一盘折耳根都会被大家吃得一干二净，要知道一行七八人中，只有我一人是南方人（西南人）。

我发觉，折耳根就云南土产的青稞酒，味道奇好，大可回味；若喝啤酒，则逊色不少。这大约是啤酒不能中和其腥味的原因吧。比如，吃海鲜也宜喝白酒或黄酒，而不宜喝啤酒。

猪屁股清热解毒，算是“药食同源”的野生佳蔬，可食嫩叶、根茎，可凉拌生吃，可炒腊肉，鲜嫩“腥”香，可开胃助酒。

在北京，我最早在亚运村的“黄果树酒楼”吃到它，一听店名就知道该饭店是一贵州菜馆，那会儿我甚至不惜从北京的大西边跑去吃该菜；后来在东北三环的“乡老坎酒店”与之相遇，是我们成都平原人最喜欢吃的嫩叶，其中加少许莴笋丝和青胡豆。所以好长一段时间，“乡老坎酒店”都成了我们一干人等吃饭的定点餐厅，好几回到机场接了人就直奔“乡老坎”，其中好几个四川的服务员小姑娘都认识我。该店的清炒豌豆颠儿也甚好。可惜近来这两道菜都没有了，说是这个季节这两个菜太老。其实是说辞，谁都知道现在的菜蔬都是大棚菜，哪有什么季节和时令的说法。此外，在北京的“三个贵州人”“渝乡人家”都有凉拌折耳根，但只有“三个贵州人”有折耳根炒腊肉。

“爆咯蚤”树及其他

看洁尘《书城》上的专栏《喝茶的下午》，文中提到一种俗称“爆咯蚤”的树，她和她的朋友都不知道学名叫什么，问别的人也都不知道。虽然我离开四川已有二十三年，但仍然依稀记得“爆咯蚤”的学名叫女贞，另外它在川西还有一个俗称叫“火炮树”，但不敢肯定，打了电话问我小弟，得到了证实。

之所以叫它“爆咯蚤”，是因为这种树的果实成熟干裂之后，其中的籽籽会像跳蚤一样跳出来，跳的时候会发出一种哔哔剥剥的声音，所以又叫它“火炮树”。

我的这些关于植物的知识来自于我老家，那个村子是一个传统的园林种植村，许多的人家都栽种各种园林风景植物，卖到全省及全国各地城市厂矿，所以好多人都既知道俗称，也知道植物的正式名字。但这些年式微了，剩了没有几家在从事这种种植了。二十世纪八十年代初，几乎全村的家庭都从事这种种植活动，以挣家用。我家也是。

我父亲这方面的知识是很丰富的，他在成都、雅安的农业专科学校都做过园林工，应该说他是一个有心人吧，其实他只上了不到三年的学，按现在的说法是他比较爱学习。下雨天，田里没活儿，父亲常常端一个小板凳坐在我家堂屋门前的屋檐下，戴一个断了腿儿的老花镜，聚精会神地读一本没有封面的书。可能与“封资修”有关。乡下嘛，大家都识字不多，对“读书受害”的道理认识肤浅，所以父亲多年的闲情逸致才没被革除。听奶奶说，一九六〇年饿饭那阵子，父亲用箩筐挑着成担的旧书进城去卖，换几个锅盔回家聊度饥荒，可见父亲看过的书不在少数。我记得我小的时候，我家就有两本繁体字的字典，遇着不认识的字他就自己翻查。

我很清楚地记得他告诉我，他在雅安农专的时候，发现他的师傅原来说的桂花树只有剪枝插不对，因为他发现春天的时候离一棵桂花树不远处冒出一棵桂花树的小苗，而它并不是插枝成活的，只能是桂籽落到地里自然生长出来的。

明天就是中秋节了，附录一首前些年写给父亲的诗《元宵节想起父亲》——

父亲，在春天的第一个圆月中
我在灯笼照耀的大街上
被风吹乱了头发，突然想到你
想你在那个河边飒飒作响的竹林

你的魂灵是不是闻到了旁边的花园中
你栽种的梅花的幽暗芳香

十二年的遥远啊！哪一朵星光
夜夜为你点燃唇间粗大的旱烟
我将在今夜的梦中，走在这朵星光的身后
把今晚的月色盛进您枕边的灯盏

我将为你带去书，我相信
墓中的你已不再雨天才有闲暇
已不再在金黄的谷粒收进仓廪之后
才会翻找到许久之前折下的书角
晨光和火苗已经在你的老花镜上
映现出天堂的光明。光明中
疼痛流淌出你的身体时你正睡意来临

父亲，现在你可以醒来
十二年，你必已穿越了死亡的黑暗
只需要一双稻草编成的柔软鞋子
就可以驾乘云朵漫游
披着阳光或者月光
在每一处你愿意停下的地方歇脚

但是，父亲！一株冬天的芦苇

在夜里行走在大街上，我听不见
它的脚步，我不知道它是不是你
如果是你，请你记住
小心酒后的汽车撞散你头上苍老的芦花

散　　章

老　屋

我所在的国度是一个日新月异的国度，大地上的老房子越来越少，现在，老的塔，老的城门，老的骑楼，老的牌坊更是难得一见了。我不是一个抱残守缺的人，因为我是一个在破烂的老屋中出生长大的人，我不会忘记我那时候的内心感受——深深地痛恨我家那几间又矮又小在雨天中漏雨的茅屋。它们使我蒙羞，我甚至不愿我的中学同学知道我家住在这样的屋子中——它们的低矮破旧就是在当时的乡村也是少有的。

我想说的不是这样毫无意义的老屋。这样的老屋只有“贫穷”二字可以形容。我所说的老屋是那些体现了建筑设计者某种工艺技术甚至艺术的古旧屋宇，它们体现着某个地方某个时代的建筑风格，是某个地方的民俗风物标志。它们，是流逝的时间最直观的里程碑、纪念馆。而现在，这样的老屋正在消失，我们内心里对于生命的历史感和回望岁月的情感正在蜕化。

每每从老屋前走过，我都会驻足停留，徘徊在它们的四周——在它们之中该有多少生死悲欢的故事，该有多少人生无常的叹息。“老屋子闹鬼”，老人们常常这样对小孩子说，那正是老屋子的神秘之处。在躲开了他者的目光之后，在阳光不能照射的屋宇中，自以为聪明的人类常常会以为自己的行动是人不知鬼不觉的，是只有天知地知的。他们错了，除了天知地知，他们身在的屋宇是在场的目击者，屋宇是他们实施阴谋从头到尾的知情者。“举头三尺有神明”，三尺之上，是饱经人世冷暖沧桑的古老屋宇。

老屋是一种生长在大地上，没有四季形容变化的特殊植物，它们点数着时间的神奇，它们与有着怀旧情感的人的内心相连。风吹过屋脊上的衰草，雨从屋檐处失足跌下，霜雪无声地落在像万卷经书一样斜叠着的瓦楞间，鸟儿在屋梁上漫步谈天，燕子在屋檐下筑起温暖的泥巢——在急遽变化着的大地上，老屋在阳光和月光下的身影有着大地代言人的身份，它们是大地的神话，是时间的浮雕，是我们内心中神灵的具象的容颜——有着神秘、诡异、严肃表情的脸。

老屋是大地飞翔的翅膀，它们人字形的屋脊、它们的飞檐翘角都体现了大地飞翔的欲望。我不知道，大地的内心是不是也需要航渡，大地本身是不是也需要飞升和超越。老屋，如果我们生活于其中又不能了悟其神性的话，人生的烟火对它是致命的，同样，它对我们也是致命的。在夜深人静之时，在雷声到达前的闪电之中，老屋的低语会让我们看见我们的前世姻缘——时间的另一副形容，额上的裂纹、如雪的衰发，那是比悲怨更加无助，比生命更加脆弱的鸣唱。一间老屋，可以比一部历史教科书更能让我们领会时代的变迁、社会的演进、生命的意义。面对老屋，你根本无法猜想其中的故事有着怎样的波诡云谲，有着怎样的开始和结局，有着怎样不可逆料的过程。一座老屋，比一部伟大的小说都更神奇都更形而上地谨严。

就在昨晚，我读完了阿城的《威尼斯日记》，公元一九九二年的五月和六月，他在古老的威尼斯城的老街古巷游走，在一座座老屋前抬头仰望。在这乍暖还寒的春天，我把阿城写在五月三十一日的日记中的一段抄录在此：“白天，游客潮水般涌进来，威尼斯似乎无动于衷，尽人们东张西望。夜晚，人潮退出，独自走在小巷里，你才能感到一种窃窃私语，角落里的叹息。猫像影子般地滑过去，或者静止不动。运河边的船相互碰撞，好像古人在吵架。”

大地上的古塔

“天王盖地虎，宝塔镇河妖。”在实用主义、功利主义者的眼中，大地上的古塔是有着这种镇妖驱魔的功用的。他们生活在现世的艰辛和苦难中，同样，大地在人和天意的争逐和淫威中也有着内心的创伤和怯懦，而塔，从大地上拔地而起的高高的塔像一柄利剑，像守护佛祖佛门的韦驮将军手中的金刚杵，从精神上给他们以坚强和安全，从形式上给大地以威严和勇毅。

今天，我们在大地上行走，一棵大树，一幢老屋，一座古塔，它们已经不仅是我们眼中的风景了，它们已经和大地有机地结合成了一个整体，成为了大地本身。

我读过罗兰·巴特的《埃菲尔铁塔》。在我看来，埃菲尔铁塔是塔中的一个特例（它甚至不属于古塔），罗兰·巴特认为，“它属于世界性的旅行语言”，“随着我们梦想的旅游，它总是一个记号”。在中国，此种情况也同样存在，那些各地的名塔已经或正在成为某个地方或某座城市的象征和标志。但我要说的却不是这样的名塔，名塔同罗兰·巴特笔下的埃菲尔铁塔一样：“目光，物体，象征，这就是功能的无限循环，它使铁塔能永远是什么别的东西，是比埃菲尔铁塔多得多的某种东西。”我所观察和记忆的是大地上默默无闻甚至连名字也没有的古旧之塔。只有这样的古塔，才有着其神秘诗意的一面，它们往往和许多神话传说联系在一起，是民间文学最衷情述说的主角之一（甚至就是民间文学本身，故事从它们身上衍生出来），是永不磨灭的人文和宗教的具体体现。

“人杰地灵”，古塔就是这“灵”的凝聚的核心，就是山川大地之精气通向天空的阶梯，它们代表大地，代表大地上的生灵与上苍对话、交流。他们的身影在阳光和月光下移动，把自己忠于职守的道德观呈现在这有着立体形象的时间和空间中。它们在夜深人静的时候也会有一两声梦呓（也可以被认为是低语、叹息或者呻吟），自言自语，但转瞬它们又沉入时间的深处。它们的身体中隐藏着一幅久远的画，有着一首高唱的诗歌的韵脚，但对于那些自以为是的人，它们常常会让其一脚踩空。古塔中身姿挺秀优美的杰出者，它们依靠回忆和述说回忆保持青春，它们被观望并在观望者的述说中增殖出全新的话语，就像我现在在电脑中写下我对古塔的体察一样，我自我认为，现在我与大地上的古塔有着通感一样的交谈。（但在我离开此时我写下的本文时，我也许又会成为一个一无所知者，就像韩冬的诗《有关大雁塔》：“有关大雁塔/我们又能知道些什么。”）

行走在路上，我总是尽最大的努力去与我没有拜会过的古塔相会，在古塔下停留，或者沿着塔中弯曲的阶梯登临塔顶，俯瞰大地；如果我不能走近，我也会把我内心的敬畏通过我的注视和遥望投向古塔。最让我感念的是那些在大地上孤零零地耸立着的古塔，在我看来，在某种程度上，它们已经成了大地的精神支柱，成了我在大地上行走的精神支柱。它们身边的庙宇、庙宇中的僧侣、僧侣守护的香火、香火中虔诚的香客、香客的供奉都坍圮了，消失了，而塔还在，在风雨中，在霜雨中，在烈日和阴云中仍然矗立着。也许它们的身上落满了鸟粪，也许它们的身上长满了野草，也许它们在大地的颤抖和雷电的轰击中曾动摇过，但它们毕竟站立到了今天，站立到了我来仰望和遥望它们的时候。我在大地上看见过许许多多这样的古塔，它们给予我的感动就像大地给我的感动一样，弥久不衰，令我满怀感激——大地给我以衣食，古塔给我以信念。

无名的墓地

“今夫百昌皆生于土，而反于土。”（《庄子·在宥》）人生于大地，长于大地，最后又归于大地。大地上散布着许许多多的无名墓地，有些，我们甚至不知道它们是在什么时候被堆筑起来的，那些为死者堆筑坟墓的人虔敬地掘坑埋土，他们知道，他们也将被别的人这么送回到大地之中。

去年，我去了敦煌，那里，戈壁滩上有着大片大片的汉墓群。我行走在其中，白云低得似乎可以用手触摸，晴空中的云影缓缓地走过墓地，走过我的头顶。一望无际的戈壁滩，远处的祁连山，不远处的沙丘，四周见不到人。那一刻，我身体中的弦被一只无形的手拨动了，恍惚中，我像被时间悬置了一样，我不知道我究竟身处一个什么样的时间中。我的身体在微微颤抖，有一种对于不可知世界的恐惧和有异于陈子昂在幽州台上那样一种怆然（他是不见古人，而我恰恰是面对无数的地下的古人）。

比谢灵运小十二岁，却死于同一年的“大小谢”（二人是同族兄弟）中的“小谢”谢惠连写过一篇《祭古冢文》，说：“既不知其姓名远近，故假之号曰冥漠云尔。”面对无名之古墓，谢惠连为之代拟了一个名字来述说自己的追祭之思。这个世界不是每一个人都能像夏多布里昂那样在生前就写好自己的《墓中回忆录》，免去后人为其取名这种麻烦的。夏多布里昂在《墓中回忆录》中写到他和雷卡米夫人一起去拜谒斯达尔夫人的墓，我读来，不禁感慨系之，这真是“墓中之墓”了。夏多布里昂写道：“我隐约看见湖对面拜伦住过的房子，房顶上抹了一道落日的余晖；卢梭已不在，不能欣赏这景象了，伏尔泰也已离去，不过他从来也不放在心上。正是在斯达尔夫人的墓前，那么多在同一条湖岸上逝去的杰出人物呈现在我的记忆中：他们好像前来寻找这个与他们并驾齐驱的影子，和她一起飞上天空，在黑夜里与她同行。”

如果有名的墓地有着“自身的本文”这样一种所指的意义的话，无名的墓地则有着能指（signifiants）的自由空间。事实上，面对无名的墓地，每一个伫立者的内心都不同，墓中的他是谁，他有着怎样的人生经历和故事，我们一概不知。对此的无知，我们的追问和探寻也就只好转瞬而逝了；但我们的内心常常会被这意义“空无”的墓冢攫住，因为我们知道，对于墓中的人来说，墓是“实在”的，自己的荒冢就是自己漫长或短暂生命的最后归结之地，就是意义的终止，落在自己身上的任何冤屈（甚至是天大的）自己都再也不能说出，自己的牺牲和付出也再也得不到报偿，自己的悲哀和痛苦也不再会有人理解，尤其是自己内心中的深爱再也没有了表达的可能（人世的姻缘未了），这于墓冢中的人而言是最惨痛的。想到这些，我们这些活着的人对于墓中的人在内心中就好像有所亏欠一样。我们，将来的某一天，也许也会像我们眼前的墓中人一样，成为生者面对的一个“空无”的符号，所以，对一个意义“空无”的墓地，我们凭吊的可能就是我们自己，我们的苦乐年华，我们的辛酸生命，我们不能把握的命运。除此之外，还有我们对于不可知的命运之神的祈佑和祷告。

清明即到，那些身在荒野墓冢之中的幽魂正在苏醒。我已经对“精神不朽”之类的说辞产生了疑问，就连陆游都说“死去元知万事空”，更何况生活在二十世纪末、在平庸中挣扎的我。我听见瓦雷里在高声朗诵：“阴森而又堂皇的不朽啊/你是戴着桂冠骗人的女妖/你把死亡变成慈母的怀抱/变成华美的谎言，虔诚的圈套/谁看不破你的把戏谁就会上当/这为不朽而死的骷髅，只是一场不朽的玩笑!”（《海滨墓园》）在没有壮烈的死、没有赴死的英雄的年代，活着可能意味着一切；而死，则意味着真正的“生活在别处”。

文人画

在我看来，在难以一时厘清的中国画的诸多流派和画风中，“文人画”这个画界中众所周知的“类称”倒不是一条归类的河流。这与目下一些诗人言及的“中年写作”倒有一些共同点，文人画和“中年写作”的诗歌体现的是某种气质，某种趣味，某种对于创作主体的态度。因为在作品中表现出的在这些方面的共同趋向较为明显地有别于其他画派和诗派，于是，就有了“文人画”这种类称（最早见于明代董其昌《画旨》，在宋时，苏轼则为其命名为“士夫画”），诗人们也开始为自己命名——“中年写作”。

在不知不觉中，我已经养成了一种难以根除的怪癖，看画的时候，会下意识地把眼前的画分成文人画和非文人画。对于文人画，我会看得细一些，看它的韵，看它的画外之致，而对于非文人画，我则走马观花。这大约与人的性情有关，所谓“弱水三千，我只取一瓢饮”。

文人画里有着在现世红尘中不能发现的虚静时空观。我记得，在故乡的深夜中，在月光下的田野上，我曾多次有过这样的冲动，自己能够身轻如燕，自己的身体能够停留在离地三尺的空中。看文人画的时候，我时常都有被悬置的感觉，在内心中进入正被我观赏着的画面，它由闲逸的身姿、空灵的诗意和有着水波的光影、芦苇的清气组成自觉的世界。其中人物的衣饰是干净的，虽然打着补丁，但眼中却是他人不能换取的快乐。要知道，出世的贫穷是保持身心健康的良友。“贫穷时听见风声也是好的。”（勃莱）在有着“诗意地安居于大地”（海德格尔）的渴望的人的内心，文人画是他们人生的后花园，在这里，他们才可能会有隔墙的幽会和午后慵倦之梦中的艳影。在这里，他们才能有望梅而止渴、画饼而充饥的梦境，才会享受到山静鸟谈天，水清鱼读月的人生至景，躲避的意志才会有一次吟诗把酒的“放假”，才会有孤灯黄卷，红袖添香，才会有风月幽梦，天真率性，才会有朴素简单，无忧无虑——生活，生活，在熙来攘往的奔波中，是需要享受没有意义甚至是无聊的人生的。

偏爱文人画的人和喜画文人画的人大多有着怀旧的心绪，有着《花间集》中诸位词人那种近似于颓废的闲情逸致。与和喧闹的人群相处相比，他们更愿意一个人安静地自闭在内心中，愿意回到已经逝去了的老旧的岁月中，与陶渊明、柳永、陈老莲、袁子才……为友，甚至当他们的书童。面对春风得意、高谈阔论的他人，这些，成了他们精神生活中不愿启齿的疾病。

文人画注重自我的艺术语言与他人的殊异，尤其注重在笔墨中有着内心的文化品格的修养。文人画大多是小品，因为画者总是率性而为，难有常性，画者甚至是懒散的人，根本不去想什么鸿篇巨制，什么百米长卷。他们怕累，也知道喜欢文人画的人也怕累。

诗意……

对于诗歌写作，现在的我已经不像前些年那样充满激情和狂热了，量很少。事实上，我已不再对某些事物刻意地建立或保持兴趣。我有时候想，在诗人的守望中，诗歌会降临吗？或者说在诗人的转身中，诗歌会远离吗？我对自己说，不，不会的，诗歌之神就在我无法预知之所等待着与我相遇——日常的生活成为诗歌写作的前提，而时间的河流则淘洗出诗歌的金沙。

不要说对于诗人，就是对于一个优秀的不写诗甚至不读诗的作家而言，诗歌也应该是一种最有创造力的精神在他的内心里存在着。一个作家为什么要写作，要写作散文、小说？因为他常常感动，因为他有着创造的激情，在创造中获得文本的愉悦……而这些的内核就是诗歌精神，它让我们对这个世界充满敬畏，充满诗意，对万事万物的生长、变化有着好奇和灵敏的感觉。事实上，也是它们给了诗人灵感，并不断地教导着诗人如何写诗。

诗意是文字中的云母，是语言中无形的神。对此，我在写作小说和散文时比在写作诗歌时能更明显地感知，从而我也就对引领我走上文学创作之途的诗歌写作更加心存感激。诗歌可以在精神方面改变一个人的生存状态，它是写作者更深更全面地认识、理解世界，认识、理解人类自身最艺术化的方式和途径，也是写作者智慧及良知的最佳表达方式之一。随着时间向着未来（在某种程度上未来也是未知的）的漫延，这个方式在改变，而它的内核——诗意却是永恒不变的，所以我们捧读唐诗、宋词，捧读但丁，我们的内心感受和前人相比，也都基本相同。

诗意是我们庸常生活中清新的风，有着湿润的质感（像恋人的嘴唇）和高于人的体温一粒米那么高的温度（让我们在孤冷的生存中感到温暖）。诗意还有着与四季相宜的特性，在夏天，诗意有着白皙而又纤细的手指，它对我们的抚摩是轻柔的，它的指尖有着薄荷般的芳香和清凉。诗意还有着石上流泉那样音乐般的旋律，在静夜中传得很远，又像是窗前月光中被风唤醒的古琴丝弦的颤鸣，即使倾听过的人行走在白昼的烦乱和嘈杂中，也会突然回想起它的美妙动听来。诗意既存在又不存在，它需要我们去发现；同时，它也在我们的发现中打动我们，所以我们和诗意相处就像两个恋人相处，总是你来我往。我们说某个姑娘的眼神有着令人难忘的诗意，即使她是忧郁的，那她的眼神也一定打动了我们内心中的琴弦，让我们怦然心动。神秘的诗意中融合着一个写作者对于生活的态度，对于社会人生的世界观，甚至对于时间和空间的本体认识论。

好看的字

我们喜欢的事物总是与我们的内心有关，它或者和我们的性情相契合，或者弥补了我们等待修补充填的缺陷。我成为我写下的本文中的一个例子。今天，我们一同生活在规范一律的生活中，我们更多的是用电话这种“无迹可求”的方式与朋友们联络，即使朋友们偶尔会有通信，其字也大多是面目可憎的样子，或者是用电脑写就，然后用打印机打印出来的，接信人看见的是干净、整洁的“文件”，就像法院送达的到庭应诉的副本；而现在，人与人之间相互的联络则“进化”到了 E－mail。我就是许许多多这样的人之一，写字很难看，写信有时就用电脑打印，但却喜欢看并回味、揣摩书家们的字。

我不喜欢“书法”这个词——因为我知道，没有哪个被称为书法家（真正的）的人，会说自己的“书法”是遵守了某种法度的结果。在我看来，书法是和文法同义的，所谓书法，无非是书写一个字时我们应该因循的一种共同的规则。如果说，遵守了中国字的书写规则就可以成为书法家的话，那么一个所作之文完全符合文法的小学生就可以是一个作家了。事实当然不是这样，所以我将写出了好看的字的人称为书家。事实上，我们认可的书家大多都是自己创立了个人的书写法度的人，否则，在今天，有着二十来种字体的电脑软体就是最杰出的书法家了。

正是那些别出心裁，逸出了中国字书写法度而又有着某种神采的字，被我认为是好看的字，我喜欢的字。

好看的字不仅仅是一种外在的“身体语言”，它还有着我们无法说清的内在气韵。观看一幅好看的字时，亲切、敬畏、玄妙、神秘……此外，还有我们从未经历过的无法说清的感觉的花朵在我们的内心开放，飘溢出某种芳香。在我看来，我们身体的诸种官能中，语言是最为笨拙的，但它却又有着狡猾的天性，它说谎，粉饰，故作聪明……所以，面对一幅好看的字，我们最好闭上自己的嘴巴。

对于书家，一管笔就是一把神奇的剑，需要持有者灵魂的滋润，当它饱蘸上墨汁，它就有了起舞的欲望。只有既能驾驭手中的笔，又能最完美地释放手中之笔起舞回旋的欲望的书家才是优秀的书家。在寂静的夜晚，在朦胧的月光中，一幅好看的字缓缓地展开于我们的眼睛中，或者它垂直地悬挂在墙上，我们甚至可以看见字本身的回旋起舞，可以闻见字在起舞回旋中像一朵花一样的幽香。字在纸上行走，腾挪，闪动，跳跃，进退，飞越，它们的呼吸吐纳在寂静中清晰可闻。月光在行走着的闪亮的墨迹上飞快地闪过或者反射到屋中黑暗的地方，转瞬即逝又连绵不断，难以分出是字的光芒还是月的光芒——这薄薄的光芒中浮动着不绝如缕的暗香。写字的人消失了，字行走的道路却留在了有着朦胧月色般的品质的宣纸上。

我问过一些在写字上已有所成就的人，他们在欣赏一幅字时，会首先注意字义吗？他们几乎都回答说，他们不会特意地注意字义，而是用心去感觉字的行走流动和行走流动时的美感。他们甚至反过来问做编辑的我，我在阅读别人的手稿时，会首先在意作者的字而后才看作者的文章写得好不好吗。我回答说，不，我只看作者的文章好不好，因为文章面世时是以千篇一律的印刷体字出现的。这使我有了这样一个想法，书家笔下的字和作家的文章一样，都需要好的只可意会那样一种“语感”似的神韵。这样的“语感”还和禅有着惊人相似的一面，兹将罗兰·巴特在《符号帝国》中的这段话抄录如下：“总而言之，写作本身乃是一种悟（satori），悟（禅宗中蓦然出现的现象）是一种强烈的（尽管是无形的）地震，使知识或主体产生摇摆：它创造出一种无言之境。”从这种空无中产生出诸般特点，禅宗凭借着这些特点来书写花园、姿态、房屋、插花、面容、暴力，而抽光一切意义。

扇　子

一九九七年三月一日，我在中国美术馆二楼看蒂森－博恩米扎收藏精品展（从苏尔瓦兰到毕加索）时，顺便也看了一楼陈逸飞的画展。在那幅有些名气的《罂粟花》中，我看见了那些个像模特一样坐在一起的美人儿们手中的团扇和团扇上的罂粟花（是真实人物的原大）。在这之前，我在张家界参加笔会时，从小摊贩手中还买过一薄本册页一样假冒的“老照片”，其中有两张慈禧和她“身边的工作人员”的合影，一张上慈禧手里拿着白色的团扇，一张上团扇挂在胸前，像是坠在绕过脖子的一条丝带上。

在扇子的使用上，中国人和西方人是有差别的。在中国，男人用折扇，女人才用团扇、纨扇，不可错用，否则，就有“易装癖”之嫌，为雅士所不齿。而在西方，女人却用折扇。十七世纪，在社交场合，身着洛可可式的盛装的贵妇人手中是少不了一把折扇的，就像而今谈判桌上的男人脖子上不能少了一条领带一样。在西方，女人拿折扇的时代，男人的手中则是拐杖。西方的男人是些有想象力的家伙，折扇和拐杖成了他们性别的象征。他们不会同意男权主义者或者说爱情失败者“看见女人，不要忘了你手中的鞭子”这句鸟话的，看见女人尤其是美艳又拿着折扇的女人的时候，他们手中的拐杖就蠢蠢欲动。折扇像女人，像女人的性情，像女人的身体，可以自由地开合，欲说还休，呈示或者躲避——读过马拉美用白色的墨水在带有玫瑰花丛的纸扇上写下的《题梅丽夫人扇》（十四行体）诗，你就会相信此言不诬。这首诗的第二节是："蓦然一阵深深地振动/我的飞翔解放了这群花仙/冷艳朵朵云雾漫/漾成一片含醉吐娇的笑颜。"

与西方男人不同，中国男人处世的态度（包括对待女人）是中庸的。折扇有着风雅而又潇洒的形态，有着柔弱的书生式的苍白神情，有着爱情和性欲禁锢者那样隐隐的萌动和面对异性时那种不知所措的慌乱。而在能言善辩的辩士们的手中，它又有其滔滔不绝或者在紧要处戛然而止的话语风格。扇面的形状和其上的画和字是具象的，它们隐隐透出执扇者抽象的美学风格和认知世界的方式。这抽象中有着一幅山水画被省略了的那一部分，有着与一首诗相联系却又飘散在诗外的深长诗意，有着音乐结束之后屋梁上那无声而又无形的震颤。一段有着轻柔性格的圆弧把有着稳定性格的三角形包容其中，那是多么美的几何形体啊！

中国和东洋的棋士多有执扇的习惯，在他们长考或者在对方长考之时，他们手中的扇子掩饰着他们对于棋局变化的担忧。棋的布局虽是平面的，但当它在时间的流逝中，却有着三维立体的变数；而棋士手中一开一合或者轻摇着的折扇则为这向着不可知的结局变化的棋盘，担当了执扇者脑海中万千波浪的掩饰体——内心的颤动、不可说出的话语和怀着不善的观望所发散出的种种波和气的场在扇子形成的屏障处止步。藤泽秀行的扇上写着"行云流水"，武宫正树的写着"致爽"，聂卫平的写着"玄妙"，吴清源的写着"暗然而暲"……

哦，对了，在一些人手中，折扇是既可以合起来敲打比自己低贱者的头，又可以为自己用得着的主子送去清风，还可以轻摇在胸前显示自己的风雅的。宋代民谣如是说："赤日炎炎似火烧，野田禾稻半枯焦。农夫心内如汤煮，公子王孙把扇摇。"这一"摇"在为执扇者送去凉风的同时，也扇旺了农夫心中的怒焰。在农夫的眼中，纨绔子弟手中的扇子是不劳而获者的罪恶标记。而在另一些没落秀才手中，扇子则有着酸醋假文腐朽的气息。

雨　伞

“她彷徨在这寂寥的雨巷/撑着油纸伞/像我一样/像我一样地/默默彳亍着/冷漠，凄清，又惆怅。”（戴望舒《雨巷》）在这里，雨伞虽然只是一件道具，但它所漫漶出的能指却有着较为显明的意义。它们是一朵朵在雨的浇灌或滋润下在城镇的街巷、在乡村的阡陌中游走着的冷艳的花，“冷漠，凄清，又惆怅”。雨足就在自己的头上跳跃，伞下的人却沉浸在自己的梦幻中，听不见这欢快的节奏。只有这时候，在雨中，伞被折叠的身体，身体上的皱纹才悄然舒展开来，才有了叶蕾般的盛开，才有了根芽欢笑的露齿，才展露出活泼泼的生命。在那无雨的日子里的伞，或者说在雨天其主人仍一如既往地坐在窗前等待虚无的喜悦的伞，它通常被悬挂在门后，身上蒙着灰尘，予人一副苍老的容颜。当伞下的人停止其在雨中寻觅似的游走，站在桥头，站在一棵树下，站在湖中的石头栈桥上，伞下的人才看见从伞骨的檐端滴下的雨滴和雨滴中细雪般春天中不知名的花蕊，才听见雨足音乐般的回鸣。这时候（又一个这时候），伞和伞下的人一样，都有了无法说清的饥渴，伞和伞下的人已经搞不清伞上的声音是密密的雨足的敲击还是自己不由自主的心跳。之后，当一顶伞被风吹干，被收藏于屋中阴暗的一隅，当风声雨声成为不真实的追忆，那将是伞和执伞人一同陷入孤寂、忧郁和悲伤的开始。人和伞只有等待，等待另一个雨天。雨，成为一个理由，成为短暂开放的生命的纵情。哦，伞走出了俗市的风景，有了无法度量的温暖的体温。

现在是春天，三月的春天，在黄河边的中国的北方，我的眼前是莺飞草长的江南中被斜风细雨洗得浓绿而翠亮的田野山川，一柄雨伞行走在乍暖还寒的泥泞中，一步一回首，在伞之外，在逐渐远离自己的身后，有着一双被雨打湿的眼睛。这双眼睛有着一视难忘的、投入了整个生命的缱绻。刚才，在同一顶伞下，她看见了那因和自己保持着一定距离而暴露在雨中的许仙的肩膀，那个被雨打湿的肩膀在颤抖。在伞之中，两人呼吸出的白气和那隐隐约约的体温弥漫出的是那种不可逾越的悲情和人生的绝望。送伞的许仙，何曾想到，伞则意味着“散”，“……各人自散，唯有许宣（仙）情愿出家，礼拜禅师为师，就雷峰塔披剃为僧。修行数年，一夕坐化去了。”（冯梦龙《警世通言·白娘子永镇雷峰塔》）多年以来，有着变态心理和虐待狂病症的法海一直是我仇恨的人之一。

事实上，现在的我已经不可能看见那样画着花朵等五彩图案的（哪怕它是艳俗的）、漆着桐油的油纸伞了。在由水泥、钢骨、玻璃墙构筑而成的城市中，不期而至的雨带着空中的尘埃在一顶顶鲜艳或者灰暗的伞上弹跳，它们闻不见过去时代中伞上的桐油之香，就连它们的呼吸也是混浊而粗重的。伞下的脸是漠然的，灰暗的，枯败的；或者是焦躁的，不安的，凶狠的。这雨中昏黑的城市，何处可以看见“这些面庞从人群中涌现/湿漉漉的黑树干上花瓣朵朵”（庞德《巴黎地铁车站》）的景象。这雨伞下的芸芸众生的脸，就像被穿城而过的脏水河拍下的影像，这是被虚妄的欲望征服了的城市空洞茫然的脸的负片。

瓷　　器

我（许多的人和我一样）根本无法理解一团柔软的泥土，怎么会在烈火中就变成了一件雪白的瓷器。仅就瓷器生成过程的奇妙神秘而言，它就常常成为我目光停留的所在。在火焰舞蹈的呼啸声中，那些由泥土制成的坯胎在高烧中昏迷不醒，逐渐失去对于大地的记忆。当炉火熄灭，黑暗的窑孔渐渐冷却，它们被窑工捧到阳光之下，这时，它们醒来，睁开了眼睛，但它们已经不能寻找到自己曾经的样子，就连它们原本的那种泥土的腥涩气味也都消失得无影无踪了。它们想，它们生下来就是这样的，自己的脑子之所以空空如也，那都是因为自己这一场睡梦持续得实在太久了。

瓷这种内心里空空如也的神情显现在我们的眼睛深处，使我们常常忘记它们与盛在它们之中的雪、清澈之水之间的区别，它们总是在长久不变之处默然无语。瓷器不变的光泽、不变的形态确立了自己高贵、遗世独立的品格。它的身体生活在时间之外，在它的身上难以寻找到时间的印痕；它的内心却又生活在时间之中，当它的知音用双手抚摩它，唤醒它，从它的声音中是可以知道它出世的年代的。它是易碎的，就像一个形容姣好、性格倔强的女子，但红颜薄命，一次小小的意外，它都会用生命的破碎来惩罚你的粗心，甚至割破你的手指——它是多么需要你的小心呵护啊！它的命运是多么皎洁多么端庄多么纯净啊！

桌几上放着一个青花瓷的花瓶，花瓶中插着梅花，蜡梅和红梅。在月光的斜照之中，风在一个花瓶的口沿回旋，发出丝弦般的低鸣，可以感觉到这桌几上的花瓶内心的起伏，可以听见在它幽冷的光泽像雾一样晃动中梅花落在桌几上的叹息。这是团扇上的一幅画，画上还有一个身着飘飘丝绸衣裙的古代仕女。她在画的右上角，靠在宽大的红漆雕花的窗前，看着窗外的冷寂之月。在这梅花盛开的季节中，她垂着的、纤弱的手上却拿着一把团扇。团扇上的画面与我看见的团扇相同。我被这团扇迷惑，我弄不清其上时间和空间的关系。这是否就是瓷的谜团，中国文化的谜团？这是否就是一个忧世伤生者遥不可及的梦游之景和他内心里的旷世风情？

灯　盏

哪间屋子中没有灯盏呢？哪个家中没有灯盏呢？

在我的故乡川西，每个院子、每户农家几乎都被竹林和树掩映着。绿色的原野像大海，其间的农舍则像是海中的礁石。夜里，礁石中的灯亮了，昏黄的光线在空气中浮动着日子的香味——

灯，从门窗向外生活
灯啊，是我内心的春天向外生活

这是海子写下的诗，名叫《灯诗》。海子还写过一首名为《灯》的诗。一九八八年，我受邀在一家内部刊物《中原》做诗歌编辑，海子不知道从何知道了这刊物和我的名字和地址，他给我寄来了三首（或是四首）诗，其中就有《灯》。我把他的《灯》和另一首《秋天》编在了当年的第三期上，本想把剩下的一首（或两首）在随后的杂志上刊发出来，后来却始终找不到他的诗稿了。对此，我不得不自责自己的粗心。

在海子的笔下，灯的光芒有着跃动的激情，它们从灯中抽出，就像灯芯草在春天分蘖，要把身在的容器胀破，向外，向外，就像热恋中的欢呼。对于海子，灯也许有着特定的内容和对象。

在我看来，对于一个远离故乡的人而言，灯盏里透出的光线有着柔软温情的质感，有着与白日里不同的母亲的、恋人的体香。夜幕降临的时候，灯亮了；灯亮的时候，该回家了。灯是浪子内心中最鲜艳也最芳香的花朵，它盛开在夜间，在白日里却噤声沉睡；它有着易于弥漫的品性，对于一个患有怀乡之痛的游子，它会使你沉溺其中，懒于自拔。灯可以驱散黑暗，却驱不散你内心的郁悒。灯光是明亮的，但它的本质却是阴性的、传统的，它不会欢歌，除了飞蛾和蚊蚋，它不会让人舍身飞扑。我当然不会忘记它曾经被赋予过的历史使命，在城楼和宝塔上，它被拟人化，被人为地夸大成了世上从来就不会有的救世主。这对人的幽默感实在是一个不小的考验。

江湖夜雨十年灯，在空寂的客栈，灯在破窗而入的风中摇晃，手中发黄的书卷幻化出往日的记忆和时间的足音，映证着人世的沧桑和岁月的无情。这时候，你的内心是空茫的，额头是沉重的。你以为你的内心没有人知道，灯光却盈满了你的内心，听见了你无声的太息：生活在别处。

轻盈的灯光映照着我们的身体和内心，也许，灯（Light）也将成为我们生命中不能承受的轻（Light）。

茶　馆

“为名忙，为利忙，忙里偷闲，喝碗茶去；求衣苦，求食苦，苦中作乐，打壶酒来。”这是旧成都一家兼营酒食的茶馆门上的楹联。在四川，茶馆就像是一座城镇中散落着的人生歇足的驿站，也像是一个男人相知很深的红颜知己，在望不到尽头的庸常时光中，在你身心俱倦的时候，它收留了你的茫然和沮丧，给你以精神的抚慰。在热闹的茶馆中，你歪在宽大的竹椅上，与邻座摆龙门阵，偶尔端起茶碗来抿一口，这是一种远离了日常生活的繁杂和琐屑，忘记了时间的影子和伤害的纯粹的无魇之梦。

“不要忘记，我生命中有个反复出现的动机……这也是献身艺术者上好的材料……一杯茶、散步场上的树木、钟楼，等等。”（普鲁斯特《追忆逝水年华》）四川茶馆里的一杯茶与普鲁斯特眼中的一杯茶的性质完全相反，普鲁斯特眼中的一杯茶是再现往日时光的魔镜，是进入回忆的通道，所有的他在贡布雷感受过的思绪都会从一杯椴花茶中浮现出来；在晚年，早晨起来喝一杯泡着“玛德莱娜”的热茶，他从中便尝到了毕生难忘的美味。四川茶馆碗中的茶与此恰恰相反，此处的一碗茶正是喝茶者忘掉时间之伤最好的药。此处的茶已经有了孟婆茶那种形而上的诡秘和神奇。“喝茶当于瓦屋纸窗下，清泉绿茶，用素雅的陶瓷茶具，同二三人共饮，得半日之闲，可抵十年的尘梦。”（周作人）这段话也可证明中国人在喝茶时对于时间的漠视。四川的茶馆与江浙的茶馆有所不同，江浙两地的茶馆注重茶食，四川的茶馆则无此习。在这里，你甩掉了人生、生存诸种意义之狗的尾随，从而得以享受简单的轻盈的恬淡的生命，就像一个破损了的风筝突然停止了栽落，得以在空中留住身体。在这里，外面的世界——红尘退远了，你的灵魂稳定住了摇摆和坍塌，在停留中你对肉身的存在有了提升和跨越。“人只不过是一根芦苇，是自然界最脆弱的东西。”（帕斯卡尔）在人生的长途跋涉中，这“芦苇”需要吮吸清泉和流水，使自己不枯萎，不死去，不被困苦磨难天灾人祸之风吹散头上的芦花，折断生命。茶馆就是供应人生清泉和流水的地方。

茶淡淡的苦味在你的口腔和舌尖停留的影子和它弥漫的清香基本不是四川盆地文化的组成部分，而茶馆是。四川的茶馆文化包含着社会各阶层的文化品味。盆地中的，与外界遥隔着的川西与四川其他地方的文化精神是有区别的，在某种程度上，丰沃富饶的川西就像是中国悠闲出世文化的后花园，川西茶馆的功能就是这种文化形态的具体体现。它不仅适宜于芸芸众生的、普通市民的、穷人的生活，而且也适宜于有钱人的、一身声名的人的消闲。它有着生死不觉的、得过且过的、顺应天命的性格，散发着一种不为人感知的乐观主义的空气。经常在茶馆中呼吸这种空气的人，经常在这种形而上精神的培养中，你会逐渐建立起自己的幽默感，会懂得自嘲是人生自救的必要方式，从而使自己不知不觉地从内心的泥沼中站起来——人不过如此。

寺　庙

新的时代，其实就是一个与过去不同的时代开始的时候，乡村中的一座座寺庙的香火被突然扑灭了。寺庙中的石礅和刻着佛禅偈诗的石碑四散流落，在流水穿行的田野上，砌了堰闸或者铺了石桥。但寺庙的名字还在，那些老房子也还有一些没有被推倒，现在，它们又开始复苏，开始敲响它们古旧时空中的晨钟暮鼓。

我没有宗教信仰，但却不是一个无神论者。在我看来，生长万物的大地、钟灵毓秀的山水，它们的神奇仅用自然的造化是难以解释的。宇宙的诞生，时间的开始，那“第一推动”之力又是谁给出的呢？我对故乡土地上古老的寺庙怀有亲近（不是敬畏）之感，在生产力相对于今天低下得多的时代，人们的余钱余力可想而知，但它们仍然被一座座地修建起来了；而今天，富裕了的我们的余钱余力都用来做了什么？

故乡星罗棋布的寺庙成为故乡土地上的风物标志，成为乡村文化的组成部分。我在故乡生长十五年之后，至今已在异乡生活了二十年，但我仍然记得它们的名字，小时候的我就生活在它们中间，生活在它们的名字中间，我的小学就是在福缘寺中念完的。宝光寺、福缘寺、正因寺、龙滩寺、报恩寺、观音堂……它们使那片土地有了灵悟，有了不可言喻的神性。寺庙由对来世既充满恐惧又充满希望、对神灵充满虔敬、对他人充满善良的僧众构成。尤其是乡村中的寺庙，其中的僧尼就生活在周围的村民之中，他们平易近人，深谙人间烟火，但又具有对人之生命的旷达，因为他们的这种难得的品性，他们甚至和村民们成为朋友。平原乡村中的寺庙是村民提升精神的所在，是村民们唤醒或保持美德的动力媒体。村民们已经习惯了其中香火的气味，也许走进寺院的时候他们还赤着脚，脚踝上还带着秧田中新鲜的泥块，但他们会在内心里放慢脚步，会在其中平息自己的呼吸，慢慢地自己给自己进行精神的洗礼。

黄昏时分，一家一户的屋顶上都升起了炊烟，寺庙的屋顶上也升起了炊烟。村民们从田里回来，聚集在村口，摆一些闲龙门阵，暮鼓声响了，这声音在夕阳中扩散，让广大的乡村沉入有着凝重暮霭的思绪中，让人面对内心，思考生活和生活以外的事情。这样的乡村风景所溢出的人间精神是不朽的，就像雨后田埂上的矢车菊挂着的雨珠，透出清新而又苦涩的芳香；有着梵意禅思的宁静，空灵澄明，悠远浩渺，有着“孤村树色昏残雨，远寺钟声带夕阳”的况味，像是莫扎特的慢板乐。看过米勒的有着音乐魅力的油画《晚钟》的人，会对这四川盆地中的平原风情有所感悟的，对命运的虔诚，寺庙中的鼓声，黄昏时分田野的色彩，如果你曾身临此景，你又怎么会无动于衷呢？

竹　林

成都的陈子庄，又名石壶，死后之八十年代其画终于展出于中国美术馆。当时中国美术馆的大字横幅上有“东方的凡高”五字。我看过他的《竹林茅舍》一画，画的是川西风情，殊难忘记。我就是在那样的竹林茅舍中长大的。“独坐幽篁里，弹琴复长啸。”“竹喧归浣女，莲动下渔舟。”王维也是一个喜欢身在竹林中吟诗写字画画的人，他的诗歌中有着那无法猜想的梦、音乐和时空的谜团。

回头望去，幽深浓绿的竹林中总是有一种淡淡的无言的感伤，它掩映着阳光下的村庄，就像是一本书的、设计装帧得极为得体的封面——因为你曾躲在其中叹息甚至落泪。它在我的身体中生成，积攒太多的记忆，在它的寂静中我第一次听见了自己的心跳，在它的遮蔽中，在另一个人的面前我第一次有了莫名的惊慌。它看见了我童贞的美丽，看见了我幸福中的等待。而这一切，已经不能再现。这就像是崔护《题都城南庄》一诗所感：“去年今日此门中，人面桃花相映红。人面不知何处在，桃花依旧笑春风。”在没有竹林的异地，我甚至常常听见我的身体中响着锋利的弯刀砍伐竹林的声音。

夏日的蝉鸣在竹林中喧闹，轻盈的蜻蜓停留在叶梢，风甚至停息了在林间的絮语，我坐在竹林中的一个树桩上，垂头看着一队蚂蚁来来回回地劳动，肩上落着一枚竹叶和一些零星的阳光。我没有把它们摘去。竹林把热闹的农家人的生活与我隔开，与自己隔开，来体味内心里响起的低弱的歌声、自言自语的问答以及自我安慰的怀疑和不安。竹林中的你是不是也有着这样的体味？竹林的美有着内向的阴柔的品性，从不充满激情地歌唱，它的宁静是永恒的坚韧的，这宁静就像竹梢那样有着月亮一样动人的弧度。平原上的竹林，月亮的脸在你的枝叶间移动，竹叶的边上有着一圈成熟的女孩子脸上才有的那种只有逆光才可以看见的绒毛。慢板的夜曲在竹林中回旋，鬼魅的形影被驱赶到了地下，一节一节的竹节，一枚一枚的竹叶闪烁着青色的莹光——它们的身上都曾滚下过雨滴。雨滴落下之前的一瞬，叶子像一个伤心的小姑娘抽咽一样，身体向上一提，然后雨滴一脚踩空，落到了虚无之中。

辣　椒

川西平原中一家一户的辣椒储藏与北方人不同，北方农村人家的辣椒大多挂在门外的墙上。川西农家的辣椒或者放入塑料袋中，然后扎紧袋口；或者磨成面状装入瓶中，拧紧盖子。那样子就像是一个盲目的气功崇拜者装了“大师”的“真气”而害怕它悄悄溜走一样。这样的储藏方式与四川的气候有关，四川一年四季的湿度太高，即使在阳光下晒得干燥了的辣椒在阴凉处也会迅速吸收空气中的水分而生霉。四川人喜好吃辣椒的习俗据说也与这空气潮湿有关，人们至今仍然认为吃辣椒可以驱赶人体中的潮气。其实现在许多地方的人都喜欢吃辣椒了，而他们身处的环境的湿度很低。我对此的解释是：农村人家养猫是为了驱捉老鼠，而城市人家中并无老鼠，他们也养猫，他们的猫是宠物，就像没有潮气需要驱赶的人吃辣椒一样，他们只是喜欢用辣椒来满足自己的口腹之欲而已。

《红楼梦》中的贾母是有幽默感的，她幽了王熙凤一默，说：“她是我们这里有名的‘泼辣货’，南京所谓‘辣子’，你只叫她‘凤辣子’就是了。”也许是这“所指”的作用，在我们的集体无意识中好像都把这辣椒般的性格放在了女人的头上，譬如，当年我就看到一篇影评，就说叶塞尼亚有着辣椒的性格（哦，墨西哥，这是一个盛产辣椒的国度)；但我从没有看见文字中或日常生活中有谁把一个男人比作辣子的，难道芸芸男性中就没有谁有着这辣椒似的品性吗？除了凤辣子这样的性别暗示，是不是辣椒一身红装也予人女性化的思维导引呢？也许是。辣椒具有红色的像火焰一样跃动的外表，一种在阴雨潮湿的郁悒中感人奔放的热情。她们总是嘻嘻哈哈，迈动着长腿出入商店、影剧院和公园，和蔼宽容的老人看见她们总是会微笑着给予注目，在内心里回想起自己的青春时光——辣椒在她们身上放大成一种活力的象征。辣椒是我们平庸生活中的裂云破锦的高音，是使我们忘却失意和伤感的牢固友谊，是征服了我们的勇敢的恋人，她的欲望是强大的，她的舌头用她的万丈激情和全部的真诚舔食去了我们的迟疑、不安和人生的失败，我们苏醒、亢奋，大汗淋漓中我们甚至有再生的感觉，所以我们可以接受它火爆的脾气。这是辣椒之妙，它的本质并不是要毁掉一切的火，它只是热烈而已，她使我们从郁闷的暗屋中走到阳光地带，虽然是曝晒，但我们失去的只是身上的霉迹和绿苔。

小石桥

河渠上的小石桥常常和堰闸修筑在一起。我们常常可以看见小石桥边上有着一些光滑的像月牙一样凹陷下去的豁口，那是割草的孩子在石桥上磨刀留下的印迹。也有大人把家里的菜刀或弯刀拿到石桥上来磨的，这样的话，那桥石一定是一块优秀的磨刀石。除此之外，小石桥还有着外乡人难以知晓的神秘之处。在夏天，儿童时代赤身裸体的我曾钻在许多的小石桥下躲避过过往的妇女。水光倒映在石桥下，闪烁晃动，我看见了石桥之下那些漂亮的字和一些人像图案，它们在丛生的青苔中若隐若现，已经被时间的流水剥蚀得不成样子了。字大多是楷体，也有魏碑，人像则是用阴刻的线条构成。很少有人知道它们来自何处，年代已经很久远了，它们从站立着的坟墓前来到了沟渠之上，躺下的时候，把背影留给了路人。

我时常想起这些方便了行路者的小石桥，想起桥孔上的字迹和人像，它们对我而言带着沧桑和死亡的神奇，带着另一个世界的神秘。那些被废弃了的墓地，其中白色的骨头四散，他们是不是会在夜里哭泣。墓碑应该是死去的人最后的门牌，最后说出的话，他们应该受到尊敬。

桥下的阴凉和身处其中的玄想可以使一个人在童年时代品尝到

最初的恐惧，而当我从桥下钻出来，爬上岸，站在阳光中的桥上，被太阳晒烫的桥面使我欢快地蹦跳着、倒着赤脚，刚才恐惧的阴影转瞬就跑得无影无踪了。这是故乡小石桥的两面性，很早的时候，我就认识到了这一点。“鸡声茅店月，人迹板桥霜。”（郑板桥）在冬天，背着书包的我走过小石桥之后，田野那边寺庙中的上课钟声响了起来，我小跑起来，甚至来不及回头看一下铺满白霜的小石桥上自己的脚印。但我记得，“一角红衣隐现于桥上，依稀中尚可认出那种种衣着的色调和器乐的交鸣。那声音像民歌，像大雅之堂的歌头调尾，又像是教堂颂歌的袅袅余音”（兰波）。

水上的木船

在川西平原，在青白江上，水上的木船像是好奇的观光的游客。水流是平静的，两岸是宽阔的，岸上是绿色的田畴和在田野中游走的农家人；在竹和树的后面，被掩映着的农舍冒出了白色的烟柱，慢慢地消失在了蓝色的天空中。木船在水上行走，它被两岸的风景所吸引，所以它总是东张西望的，像船上有着享乐主义思想的渔夫。渔夫、小小的木船、船上的鱼老鸦（鸬鹚）在绿波粼粼的河中悠闲地缓缓地滑行着。小时候的我坐在岸上，坐在家婆家门前清白江边的堤边，眼中的波光明明灭灭，前些天我还在为语文老师布置的作文题目《我的理想》而苦恼，而现在，我已经明确地知道我的理想是什么了——做一个躺在小船上等待鱼老鸦把鱼衔进鱼篓中的渔夫。

现在的我问自己：现在还想做渔夫吗？我好像已经难以回答这个问题了。我喜欢躺在木船上抽着粗大的旱烟那样一种迷人的情怀，那么一种自我遗忘又遗忘身外世界的无我之境；但我一旦从岸上去到船上，我在那样天地独一人的水上（像一座游动着的孤岛）能坚持多久？已经在俗常的生活中适应了吵闹，适应了和孩子在一起时那种世俗的快乐的人，对这种中国画似的虚无的仙界只能是心向往之。一幅山水挂在书屋中，明知道听不见鸟鸣，闻不见山野的清气，我们还是愿意在疲倦的时候沉溺其中的。

“千山鸟飞绝，万径人踪灭。孤舟蓑笠翁，独钓寒江雪。”（柳宗元《江雪》）木船是河的身体上长出的耳朵，它在听见浪花的歌唱和自己内心的喧响的同时，还听见了船上人在寂静的天地中对于生命的守护，对于道的绝世的应答，对于在孤寂之中又超拔于孤寂之上的高蹈低吟。

船还是水上的鞋，它有着远游者和不归的漫游者的性格，像一个穿着芒鞋云游四方，在天地自然间寻找佛禅真谛的苦行僧一样；不同的是，它在水之上却又顺应水流的自然，它有着把我们带向远方，带向大海的欲望——即使小小的木船也有这样的欲望。哦，大海，无边无际的大海，像宝石一样的湛蓝的大海，一只小木船的向往也是这样一往无前。“路不会与鞋子一样的忧伤吧/鞋不会阅读时，我也不会。”（伯里尤特）船上的人在船这样的鞋子中，一逝不回的流水使他们感知到了时间的无情，“逝者如斯夫”，圣者的浩叹是这样地感通广宇。

如果我们不能反抗，我们的反抗没有了意义，那我们就做一个随波逐流的人吧，像兰波笔下的“醉舟”：“当我顺着无情河水自由流淌/我感到纤夫已不能控制我的方向/……/当纤夫们的哭叫和喧闹消散/河水让我随意漂流，无牵无挂。”（《醉舟》）

堰　闸

在有着都江堰良好的水利灌溉条件下，川西平原形同水乡，四处可见流动着清澈水流的沟渠。它们疾疾地走着，不时地跳一下，那样子就像一个年轻快乐的少年走路时跃起来试图去摸高处的树梢一样。事实上，川西河渠的堤边总是长着许多树木，它们垂下的枝条常常被河中跳跃的浪花打湿。每一条河渠的身上都有用石头修筑的堰闸，需要把水引入田中的时候，农人就把一块块木板插入堰闸的槽中，把水堵住，升高了水位的水流就可以被引入堰闸上游的田中了。灌好田后，再用锄头把堰闸中的木板钩起来，让水流通畅地奔向下游。初春，长着尺余长麦苗的田野上走动着荷锄的农人，他们的眼睛中晃动着水光，从一个堰闸走向另一个堰闸。如果不站在高处，你根本看不见生长着茂盛麦苗和盛开着金黄色油菜花的田野中的田埂，看不见田野中的沟渠，看见的只是沟渠两边的树。当拄着锄头的农人看见水流流入田中，他们就会从衣兜中掏出叶子烟来，塞进烟杆儿中，用汽油打火机点着，然后一身轻松地坐在堰闸上，吧嗒吧嗒地一口接一口地吸起来。他们站在堰闸上点烟的样子让我想起肯特的版画《劳动者》，想起那个在田野上，在劳动的间隙中，胳膊中揽着锨把，双手遮挡着带着泥土气味的风，低头点烟的青年男子。坐在堰闸上的人通过身下的石头感觉到了春天里的寒凉，但他们不会在意。堰闸生长在川西平原，它是柔软肥沃的土地上坚硬的部分。它是可靠的，坐在其上守望水流和丰收的人，是宽厚、知足、坚韧的。我的父亲就曾经是他们中间的一个。他现在已经不在人世了，他的坟墓在河边的一爿竹林中，河的两岸栽着芦苇，夜里的时候，他可以听见水流在堰闸处拥挤的声音。

窗　　户

即使是一间狱室，也有一扇窗户，尽管它很小、很高。门是身体进出的地方，而窗户则是目光和心灵逃逸的地方。当我们思考的时候，当我们向往的时候，当我们思念某个人或某个地方的时候，我们会不由自主地站到窗前。在窗前，我们的目光投向远方，我们的内心就飞翔在了窗外的天空中。

如果说，门是用于我们肉身的生活的话，窗户则是用于我们的精神生活的。对此，钱钟书先生在《写在人生边上》中说："窗引诱了一角天进来。门是人的进出口，窗是天的进出口。"通过窗户，我们会敏感地感触到时序四季的变换，会看见时光的流转——这时候的窗户甚至成了抽象的象征，它与时间连在了一起。

尤其是一个与世隔绝的囚犯，他的眼睛总是会仰望着那扇小小的、高高的吹进了风、照射进了光线的窗户，想象外面的世界，想象自由的生活。对于一个罪大恶极的犯人，这扇窗户形同牧师，也许终有一天会给他以心灵的启迪，使他迷途知返。

我看过美国画家安德鲁·怀斯（Andrew Wyeth）的画《下雪》，那个忧郁的孩子趴在窗户上痴痴地看着窗外的雪，雪光把他的脸映成惨白色。怀斯还有一幅画窗户的画《从海上吹来的风》，画面是无人的“空镜头”，宽大的窗户，从海边的风吹来，白色的窗纱浮动在风中。怀斯的画有一种忧郁感和神秘感，观者总是会把目光投向那窗外的景象，因为我们不知道那些黑色的树丛之中，会飞出什么鸟来。

中国画家艾轩和何多苓曾在怀斯幽居的查兹弗德村同怀斯一起作过画。

我还看过比利时超现实主义画家马格利特的油画《田园的钥匙》（也有译作《田园的音符》的），印象殊深，我曾在我的中篇小说《悬置》中提到过这幅画——“在这幅画的画面上，打碎的玻璃已经从窗上落了下来，这证明时间已经流逝；但空间却是静止的，因为从落下的玻璃上，我们仍然看见了它在窗框上时透过它看见的窗外的风景。”马格利特通过这幅画试图证明，那扇窗户是一条时间的通道，而不是空间的通道。

许许多多的中外画家都画过窗户，能看见屋外的风景、又能透射进屋外的阳光的窗户总是让画家着迷。一个画家对光影的敏感就像一个诗人对语言的敏感一样。

在我们入睡之后，我们的梦大多是通过窗户飞翔到它盼望的场景中的（梦总是不喜欢人世常规的途径），这大约可用弗洛伊德的精神分析来证明——当我们的身体放松之后，我们被压抑的内心就会自动逸出，逸出黑暗的屋子。

窗户还与爱情有关。在幽闭的时间中，隔窗相望的恋人因为有了窗户而有所安慰。敲窗，窗外的口哨、琴声、歌声，窗户成了传递爱情的通道或媒介（如莎士比亚的《罗密欧与朱丽叶》），成了正被隔闭的爱情逃逸的地方。翻出窗户，奔向自由爱情的王国，那是怎样动人心魄的场景啊！我在看美国后现代主义式电影《罗密欧与朱丽叶》

（戏仿莎剧）时，看见翻窗与朱丽叶幽会的罗密欧在早晨被迫从窗户跃下，跳到楼下游泳池中；他勇敢的眼神，令我久久难忘。

窗户这个词在英文中拼作 window，而 widow 则是寡妇。如果按照后现代的戏说，是不是说寡妇们的爱情（或性）与窗户关系密切呢。在中国，大约有这种风俗，难道历史上的英国民族也这样怕人说三道四吗?

椅　子

椅子应该是木头的，木头的椅子才具有审美的功能，而钢的、塑料的椅子则只具有消费实用的功能，哪怕设计师们努力把它的造型弄得百花齐放。

几乎所有的木匠都知道，要做好一张椅子是困难的。所以，旧时代的主人雇用木匠时大多让他先做一张木头椅子，以此来检验他认识木头、改造木头并使之完美结合的技能。

在一间有着人间生活气息的屋子中，椅子的位置是随意的。这种随意体现了椅子本身及生活中可贵的闲适意义。当我们被椅子绊倒或者被椅子碰破了脚指头，那就是椅子给我们的生活所做的小小的恶作剧。

笨重、做工粗糙却结实耐用、坐着又不乏舒服的木头椅子在城市中是极难见到的，它需要的空间让城市人望而却步。但在我看来，这样的椅子才是真正的椅子，它散发着木头的香味，它的形态让我们想起树木生长的山的样子，使我们对它不得不油然而生亲切之感。亲切感来自它纯朴粗犷的外观。因为它的宽大，我们坐在它的身上是自由的，也不会担心它什么时候会散开，把我们摔倒在地上。这样的椅子你才可以和它建立起亲情的关系，你才会远离它时想念它，像想念自己的亲人；或者在你不在家的时候，你的亲人会因为这样的椅子而思念你，想象你还歪在椅子上那种随意中的亲切。做椅子的主人就不同了，你得正襟危坐，才可表明你的主人派头。在家中，对于家人和椅子，你以为你是谁。

想想看，坐在宽大结实的木椅子上，从窗外斜射进屋的阳光照临身体，脚下是温暖的火塘，读书或者短短地午寐，该是多么幸福。

玻璃和光线

玻璃的历史不可追溯，因为在我看来，天然的水晶石也是玻璃。

我们都具有这样的常识，植物生长的三要素是：阳光、空气和水。其实对于人类而言，这三种物质也是极其重要的。

在人类的日常生活中，能发射出光线的有太阳、月亮（反射阳光）、火焰和诸种电灯之类的。人类之所以需要足够的光线到达眼睛，那是因为人类的眼睛需要光明，需要观看行走的风景，需要看见所爱之人的眼睛和只有自己才可以读懂的唇语，需要具有美的形态的万事万物投映到眼睛之中。

即使在睡眠中，我们也需要能抵达我们眼睛的光线来看清我们的梦境。

但在需要光线的同时，在某些时候，我们还需要我们的身体与我们的目光所及之处相隔离。譬如窗外寒冷的世界、玻璃柜中昂贵的珠宝、面向大街的橱窗中身穿华丽衣饰的模特儿以及水晶棺中的一具尸体（它自身也需要与世隔绝，与空气隔绝）。

玻璃的质地是致密的，空气和水都不能通过它，只有光线可以在它的身体中畅通无阻。玻璃的这种品质（或者说品德）满足了眼睛的欲望的同时，阻隔了我们亲触和占有的企图。而在英文中因是复数而摇身变成眼镜的玻璃则成为眼睛的“拐棍”——由玻璃制成的眼镜改变或矫正了我们的视力。

在我的故乡，多阴雨的四川，一些人家的房顶上装有玻璃“亮瓦”，光线透过亮瓦到达屋中，使阴暗的屋舍变得明亮起来。小时候，我喜欢坐在这方形的光柱中看书。随着太阳的移动，光柱也在移动，每隔一会儿，我就会挪动一下身下吱呀作响的小竹椅。有时，从书中抬起头来，我会望着光柱中浮动的尘埃出神。后来，我多次回想起这透过玻璃亮瓦的光柱、光柱中的尘埃，这使我对于光阴和浮生有了具象的认识。

对了，雨天的时候，我就会看见那片亮瓦上跳跃不息的雨脚。

私　情

写在马尔克斯七十四岁生日

二〇〇一年三月六日是诺贝尔文学奖获得者、哥伦比亚作家加西亚·马尔克斯七十四岁生日。在这之前不久，由哥伦比亚知名作家达索·萨尔迪瓦尔写作的马尔克斯传《回归本源》由外国文学出版社出版了汉语本。这天，哥伦比亚驻中国大使格鲁宾先生在大使馆主持了庆祝马尔克斯生日及《回归本源》一书在中国出版的聚会。

《回归本源》被马尔克斯本人认为是迄今为止写他的所有传记中最好的一部，该书的中文翻译是我国多年研究马尔克斯文学成就的西班牙语专家卞双成和胡真才；该书的前言则由作家格非精心撰写——原在上海华东师范大学任教职的格非在完成博士学位后移居北京，成为清华大学人文学院的教授。他说，中国有着无数的马尔克斯的崇敬者，他的长篇小说《百年孤独》影响了无数作家的写作。前些年，《百年孤独》的开篇，“多年以后，奥雷连诺上校站在行刑队面前，准会想起父亲带他去参观冰块的那个遥远的下午”，竟成为许多中国作家竞相仿效的小说开头。

《回归本源》写道：一九五二年三月初，二十五岁的作家马尔克斯同母亲一道去老家变卖外祖父母的宅院。这次故乡之行激发了他继续旅行的欲望，他要寻根，要回到外祖父母的出生地去，因为早在他出生前十九年的一九〇八年十月十九日，他外祖父与一个朋友决斗，这次决斗改变了这个家庭的生活轨迹，从而也预先决定了他本人的人生命运和文学命运。本书详尽论述了马尔克斯的生活背景、文学训练、创作实践及社会活动，并圆满回答了萦绕于本书作者达索·萨尔迪瓦尔脑际达二十年之久的两个问题：能写出《百年孤独》一书的究竟是个什么样的人？产生这部奇特小说的历史、文化、人文环境的底蕴究竟是什么？

自从那年读过《百年孤独》之后，这么多年来，我对马尔克斯的尊崇未有稍减，对与马尔克斯有关的所有事件都颇为关心。在这次聚会上，哥伦比亚驻中国大使馆格鲁宾先生谈了一些马尔克斯的“现在时”。

大使格鲁宾先生是马尔克斯的世交、挚友（有人说他还是马尔克斯的亲家），也是马尔克斯作品的忠实读者。我看到在大使办公室的书柜里，就摆放着马尔克斯已经出版的全部作品。格鲁宾先生和他的同胞一样，为哥伦比亚拥有这样一位世界性的伟大作家而感到无上光荣和无比自豪。他说，他每次回国，都要抽出时间去看望这位他心目中的文学英雄。还说，中国读者都高度评价马尔克斯。对此，他感到由衷的高兴。

大使先生说，马尔克斯已经七十四岁，虽身患重病，现在洛杉矶静养治疗，但仍然笔耕不辍。对于这种忘我的文学献身精神，大使特别敬佩。格鲁宾先生说，马尔克斯告诉他，马尔克斯一定要在有生之年，写完他的五卷本长篇回忆录《沧桑历尽话人生》（Vivir para contarlo），这部回忆录已完成三卷并已开始陆续出版。

现在，马尔克斯由于害怕没有时间完成他的五卷回忆录和另外两部短篇小说集，他将自己与朋友们的联系减少到了最低限度，拔了电话线，取消了旅行，把自己锁起来，每天从早上七点直到下午两点不停地写。

在回忆录的第一卷中，马尔克斯讲述了有关他父母的故事，并以一九五五年第一本小说《枯枝败叶》的出版而告一段落。第二卷的内容是他直至一九六七年《百年孤独》出版之前的作家生活，第三卷则是他与世界领袖们的故事，其中包括菲德尔·卡斯特罗，马尔克斯一度与他过从甚密，另一位便是克林顿，当莱温斯基案闹得不可开交时，马尔克斯还专门写文章为这位倒霉的总统开脱。

一九九九年，已有多种传闻说马尔克斯已经病逝，更有甚者，网上还出现了一首据称为作家遗作的诗并广为流传，诗的题目叫《木偶》（La Marioneta），假马尔克斯在诗中写道："我要小睡片刻，以求梦见更多，因为我知道，我们每次合眼一分钟，就要失去光明六十秒。"

马尔克斯本人也从报上看到了这首被称为"马尔克斯生命之歌"的伪作，他半开玩笑地对人说："唯一困扰我的便是我要带着恶名死去，因为人们相信是我写了如此没有品位的东西。"

三年的时间里，马尔克斯已经被病痛折磨得失去了原来的相貌，现在他面容憔悴，骨瘦如柴，从照片上看，比一个七十四岁的老人还要不堪，仿佛一枚树叶便能像风暴一般将他击倒。听着大使的叙述，我默默地为马尔克斯祈祷，让他能得偿所愿，写作不息，生命不止。

《回归本源》一书的责任编辑是王涛。王涛毕业于北京大学西班牙语专业，她说：作为一个天才的、赢得广泛赞誉的小说家，加西亚·马尔克斯将现实主义与幻想结合起来，创造了一部风云变幻的哥伦比亚和整个南美大陆的神话般的历史。为此，在国外已有了多部马尔克斯传记出版。在聊天中，王涛对我说，她为自己能够成为在中国出版的第一部马尔克斯传记的责任编辑而感到欣慰。关于王涛对该书的精益求精的编辑和校对，在这次聚会上，我听到一些同行和专家由衷的赞誉。

炎夏与安德鲁·怀斯同行

我的作品是与我生活的乡土深深结合在一起的。但是我并非描绘这些风景，而是通过它来表现我心灵深处的记忆与情感。

——安德鲁·怀斯（Andrew Wyeth）

天正在变热，为了省油的的士司机却不愿打开车上的空调，虽只有六公里的车程，怕热的我一大早身上就会出汗，甚至会湿了衬衣。

而安德鲁·怀斯（Andrew Wyeth），却在最近几天中时常向我走来，一言不发，只有他在干燥的雪粉上踩出的声音一路单调地响着。他紧蹙的眉间有正午的阳光一闪一闪地跳跃，犹如他智慧的火花，或者说是他思想晶体的闪耀。

怀斯，查兹弗德村在你的身后抬起头来，而你在一棵鹰木前站住，面对冬天里被风丢失的一截枯枝而感动。你轻轻地捏了捏拳头，竟不由自主地怀疑这雪中的枯枝是你创造和“开垦自己的宇宙”的手臂。

在这个燥热的季节，我再次打开安德鲁·怀斯的画册，盼望有一种炎夏的凉风让我的内心清凉下来。

快二十年前，一次偶然的机会，我看到了安德鲁·怀斯那本简陋的画册，一页页翻过怀斯画下的查兹弗德村和库辛村，以及这两个村子里的人们，十八岁远离家乡的我那会儿内心里满怀游子情感，自然会被怀斯笔下熟稔的乡村风景、纯朴的乡邻形象所震撼。

我知道，我无法用语言来表达怀斯的画，但至少在我看来，我们的心灵一定有着互为照映的角落。因为我知道怀斯在告诉人们什么。在远离城市的田园之间，我们的心灵像没有人迹打扰的鸟儿，时飞时停。我们被安恬的乡土诱惑得如痴如醉。我是多么渴望在繁忙的奔波停下来之后，我能够回到我的少年时代，回到大自然的心中，成为一株草、一枝麦穗、一片树上的叶子，在干净清爽的风中自由自在地摇动自己的身体，而不是像一只陀螺被无形的鞭子抽打。

我常常像怀斯笔卜《午后》《阿伯特的儿子》《下雪》这些画布上的人物，坐在田野的草地上，或者在家中倚门靠窗，双眼痴迷，神不守舍，陷入自己那空无的世界，不知所思，只是望着远方的云天，远方的树和屋子。我想，我的这种旁若无人的状态，一定是因了那远方的神秘和幻想之吸引；因了那厌倦喧嚣、纷攘的应酬和劳碌的心绪；因了为此而希望返身自然的愿望。

我也看见了怀斯这样孤寂的背影。海风吹来，白色透明的窗纱像水、像风一样飘动，那窗外的原野，那黑色的树丛后面，将有什么样的鸟儿闪现；在草地中，柠檬黄的小花像星星一样在风中闪烁，那慵懒的狗抬起头来，那远方的雷声之后，将有什么样的声音降临。在这些注视的背后，在这些油彩之中，怀斯的目光总是这么迷惘和忧郁。

我想起我的父亲。我的父亲遇车祸，被车轮碾断锁骨的时候，我还没有来到这个世界。父亲血迹斑斑地从车轮下站起来，终于从死神的召唤中挣逃回人间。至今，每当我回到老家，经过父亲出车祸的那座桥，我的心都仍要忍不住地颤抖和紧缩。在那恍惚之间，后来死于癌症的父亲仿佛就在我乘坐的车前惊恐得不知所措，然后发出惨烈的痛喊。所以，我理解了怀斯父亲在车祸中猝然身亡之后，怀斯失措、彷徨的心情。而正是这种冲击促使怀斯在艺术上有了转变。我也理解怀斯因父亲是在庄园主克尔的田庄上遇祸，怀斯便对克尔耿耿于怀的心理。“父亲”这个充满血缘亲情的词，对我们来说都一样，从中我们不仅获得了肉的自身，而且滋生了我们对真、善、美，对艺术、对文学的热爱。我们几乎不能够说清，我们的今天中，哪些是我们的父亲在我们的幼年时，对我们心智的引导、培养和训练。

通过父亲的死，通过无数幸福或灾难突然意外来临的事实，怀斯的心一定相信在时空的背后，那宿命的等待将在适时之机“现身”。

在大西洋的海边，那岛上的老船，再也没有了海水那样柔软的眠床。这老去的船像一只涉过千山万水的鞋，满怀对往事的记忆，满怀对昔日的追望。怀斯站在它的身边，像难忘的亲情守着怀斯的心房，海风灌满了船舱。岸上丛生的草、空荡的房子、阳光中闪亮的石头是多么的真实和客观，让怀斯，也让我感怀岁月不驻、田园将芜，一艘老船失去了回到海上的归途。

我可能只是一个狭隘的乡土主义者，一个软弱的感伤主义者，一生都走不出故土的影子和母亲的遥望。

现在，我拿起我书桌上的书——《陶渊明诗选》。陶潜先生在一千六百多年前的黄昏，从南山的田地中荷锄归来。他那些简朴而幽远的诗句与怀斯的情怀和意趣是多么具有异曲同工之妙啊！他在夕阳中站住，手扶弯曲的竹篱，吟唱“少无适俗韵，性本爱丘山”“结庐在人境，而无车马喧”之诗句。而怀斯在这样斜阳依依不忍西落的时刻，亦支起画架，远离那些沙龙和酒会中晶亮的杯子，在家门前，在山坡，在草地，在树的下面，一手紧握画笔，画下自然中的山丘、树、草地、水、石头、房屋，一手随意地握住清凉纯净的风声，独自啜饮。

怀念昌耀

那天在忙蜂酒吧，有好多朋友一起喝酒聊天，中国青年出版社的黄宾堂和龙冬把一套三册的《新诗300首》顺便带给了我——此前，我作为他们特邀的“校对”对这套书做了精校。在昏暗的灯光下，我不得不把书举得高些、离灯近些。我翻到第四十六页，慢慢地默读其上昌耀的三首诗，《鹿的角枝》《斯人》和《河床》。

然后我说：昌耀在西宁病死了。

那一刻，大家没了话说。过了一会儿，龙冬才说，让我们喝一杯酒，为昌耀送行吧。

一晃两个多月过去了，这段时间中我几乎每隔几天就会想起到了另一个世界的昌耀。昨天的北京，下午下了一场雨，好些天的暑热小了下去。已经是晚上十来点钟了，我从北京垂柳掩映的护城河边走过，看见河中的月亮时，不由自主地放慢了脚步。北京的月亮好多时间都是昏黄的，就如我在其中打拼奔波之后望着窗外时茫然的心情一样。

我在想，我曾在乡村，在大河之滨看见过的那些清朗之月哪里去了？

你们的麦种在农妇的胝掌准时地亮了。

你们的团栾月正从我的脐蒂升起。

站在河边，面对水中的朦胧昏月，我突口念出了昌耀的诗。那一刻，我感到“无语独坐”在青海高原的昌耀离我好远，远得好像我们不是被同一轮月亮照耀。我的身体在凉夜的风中燥热起来，如果说我的心中还有一丝丝残存的浪漫的话，那我正在追索的可能就像是这污染了的护城河中的昏月；而那个“从岁月间摇撼着远去”的昌耀，则才真正是“捞月”的诗歌英雄。

即使是“明知不可为而为之”的命运之搏，其境界的高下也是如此别于天渊。

我是一九八七年春节之后，得到昌耀今生第一本诗集《昌耀抒情诗集》的。它的得来是如此不易。一九八六年，在得知《昌耀抒情诗集》出版之后，经常出差的我就在各个城市搜求此书，结果一无所获。那时候，一个人的一本书对我竟有如此大的吸引力，现在想来竟有隔世之感。我知道，这不仅仅是因为年龄增长的缘故，世事和人情等等都在使自己的情感“老化”，不易感动，更难专心和单纯。

那年春节前，和我同居一室的同事的同学来看他，她说起她是西宁人，春节要回家看望父母。与她还很陌生的我便不顾礼节地请她帮我在西宁买一本《昌耀抒情诗集》。我说，这本书是青海人民出版社出版的，西宁肯定能买到。

春节之后，她把《昌耀抒情诗集》从西宁带到中原给了我。现在我还记得她对我说的话。她说，这本书真难买，跑了好多书店都找不到，最后在西宁郊外的书店中才买到了。

在那个小书店中，她翻了翻昌耀的诗集，在大学里学工科的她觉得喜欢，结果买了两本，一本她自己留着，一本给了我。我要给她钱，她不肯要，说是我帮她“认识”了一位青海的诗人，算是送我一本书以表谢意吧。而过去，一直长大到高中毕业才离开西宁的她，是不知道和她生活在同一个城市中有一个中国最杰出的诗人昌耀的。

现在，在我书架上的这本诗集已经很旧了，边角已经有了磨损。我不知读过它多少遍，也不知借过给多少人阅读过，封面上那凝重的黑色雕像从那时起就使我对昌耀和昌耀的诗充满尊敬和感动。

一九九八年，已经三十五岁的我第一次踏进西宁之城。在这之前，我随着采风团已经在青海漫游了许多天，西宁是我们此行的最后一站，我们将从西宁飞返北京。在西宁，急于见到昌耀的我被采风团带队的人劝说住了，他说采风团已经安排好了大家与青海作家诗人的见面，到时候我肯定能见到昌耀的。那两天，西宁下雨，七月天竟然有丝丝寒气。我逛书店或走在大街上，竟盼望会与昌耀不期而遇；有一两次，我看见不远处头发有些稀疏、戴着透明塑料框眼镜、穿着中山装的中年男人，没有雨具地匆匆行走在雨中时，会不由自主地多看他两眼，猜想：他是昌耀吗？当我把我的想法告诉同行的诗人雷抒雁时，他笑着对我说："你想象的昌耀的样子是十年前的样子，现在的昌耀因为高原的强光，他的眼镜是变色的，因为出国访问他也有了西装和领带。只不过，他的眼神和神情仍然和十年前没有两样，如果真的是他，你第一眼就会认出来。"

但一九九八年的西宁之行，我并没有见到昌耀，因此，那个与青海作家诗人相聚的见面会我除了记住喝了互助牌的青稞酒，什么都没有记住。我依稀记得，青海作协的人说，是因为昌耀生病还是有事陪了别人而不能来。

对于我而言，这可能是在空间上与昌耀相距最近的一次。就是现在，我也不知道不能与昌耀相见，我是幸运的呢还是遗憾的。对于一个仅仅因为热爱诗歌就从内心里盼望见到"诗人中的诗人"的人，我不能百分之百地排除好奇的成分，而这一点对于昌耀而言岂不是轻辱？

但另一个声音却在告诉我，这么多年来，因为昌耀，青海成了一个人的向往；因为昌耀，西宁成了一个人的思念之城，难道这样的一个人，他的诚挚还不足够成为他见到昌耀的理由吗？

在病重期间，昌耀曾说："我想，他们不是出于一种单纯的消费愿望，而是出于一种精神需求来买我的书的。所以在这一点上，我特别感激我的读者。"

我知道，我只是昌耀诗歌的一个普通读者，从他的诗中得到了精神和语言之美的润泽，所以当我看到昌耀的"感激"之言时，我的感激才如此难以言说。

事实上，昌耀对我个人而言，不仅仅是诗的，其意义比诗本身博大得多。他的"父亲"般向前划动双桨的姿势，他的面对命运而头戴荆冠前行的勇毅，许久以来都是我驻脚时抬头就可以看见的天边的剪影。

一九九四年，昌耀自费出版自己的第二本诗集《命运之书》，在这年春天，他的生命之烛即将熄灭的日子中，他说：

> 《命运之书》有两个含义：一个是探讨命运的书，一个是对命运的书写。我生命的整个历程已经贯穿在跟命运做斗争这样一个自始至终的过程。我是一个不大合时宜的人，在五十年代我是一个"右派"，到现在这个时期，好像我又不合潮流，这就是我的命运的必然结果。但是我对自己的追求从来没有后悔过，我在诗里毫不讳言地说过：一个诗人应该有自己的精神追求，这不妨参照我在书中题写的一段话："简而言之，我一生，倾心于一个为志士仁人认同的大同胜境，富裕、平等、体现社会民族公正、富有人情。这是我看

重的“意义”，亦是我文学的理想主义、社会改造的浪漫气质、审美人生之所本。我一生羁勒于此，既不因向往的贬值而自愧怍，也不因俱往矣而懊悔。如谓我不能捍卫这一观点，但我已在默守这一立场。”因此，我对命运始终不认可，如果我认可了，那么我的命运就得到改变了。我年轻时就因为命运而受难，二十多年后，我更没必要更改我的初衷了。读了我的书，就知道我的命运就是这样一卷书。我没有更改自己，没有更改自己的人生理想和追求，没有更改自己的人生态度。我想，在这方面，我就是我自己，我的命运是自己选择的，我是主动的。可以说，通过我的诗，我实现了对命运的嘲弄。

读过这段话，我的第一个反应就是：我有没有胆量如此这般地书写自己的命运？如果不能，那么我在精神上是不是与这样书写自己命运的人站在一起？如果连后一点我都不能做到，我存在的意义在哪里可以找到？

昌耀在诗中说：“以苦行自况，故我才是为苦行所苦的异教徒？”他总是在路上苦行，苦行本身就是他的生活，我们知道这份苦难于诗人而言是不公的，诗人自己也知道，但诗人坦然接受了这份苦难，正是命运的无尽苦难和绝然于现世的才情铸造了卓然独立青海高原的诗人昌耀；而我、我们，却妄想通过捷径而到达乐园，自然总是身在其中而心感“生活在别处”。

现在，因为昌耀，我羞于说自己写诗；因为昌耀，我会在很长时间内不再与人论及诗人。我们的诗坛不乏才情干云的大才，想想看又有谁像昌耀这样坚韧于命运的残酷，这样特立独行于偏远的漠野大荒，这样埋头于沉重困窘，这样一人面对“白头的巴颜喀拉”。

如果许多年之后，我们仍然在说“昌耀是唯一的，而且是无从仿效的——其精神世界，无人能够仿效；其生活状态，无人愿意仿效”（马丽华）；那么，我们用什么来证明中国诗歌的生命延续，用什么来证明中国诗歌的生命力是在增大而不是在萎缩？

昌耀不是一面旗帜，更不是一面镜子，从来都是沉静如斯的昌耀不屑于公示于众。他曾说自己：“一生忧郁，忧郁一生。”如果在他逝世之后，我们给他如此之“死后哀荣”，我倒觉得我们是在背叛昌耀。但是，作为活着的人，写诗的人，诗人，如果我们有一天真的背负了灾难，我们会像昌耀一样悄然独行吗？我们会在苦难中把自己磨砺成精神的圣者吗？说到这里，连我自己都感到虚妄，在现在的中国，有多少“诗人”为了一时的荣华，一时的名利，不惜污染自我的精神而昧心攻讦他人，而且是精神和生活并驾齐驱，一起垮掉和堕落。

对于这个时代，我不是一个悲观者，因为昌耀说：

> 穿过田野，朗极的黎明，银月照我西山，旭日徂彼东岗，在清风徐徐的节律我已面北同时朝觐两大明星体，而怀有了对于无限的渴念。

让我们一起吟咏，为在天国的昌耀送去由他的诗谱就的骊歌。

读《蒲桥集》札记

1.《葡萄月令》

《葡萄月令》有童话味。成人亦需要童话，来把自己成天在市俗烟火中熏陶的心放回那个叫着“童年”的忘忧之园。我以为童话最难写，写作者需有童心（是否是李贽首倡“童心说”的呢），眼中才有一个干干净净、神思奇想的世界；又要有才智，笔下才会有妙绝的语言。现在很多童话都写得不是很好，差不多都是《变形金刚》之类的。记得读安徒生童话《野天鹅》，其中的主人公艾丽莎说：“水不倦地流动，因此坚硬的东西也被它变成柔和的东西。我也应该有这种精神。”法国安妮·居里安女士曾说先生的许多小说中都有水。先生也说：“水不但于不知不觉成了我的小说的背景，并且也影响了我的小说的风格。水有时是汹涌澎湃的，但我们那里的水平常是柔软的、平和的，静静地流着。”先生的小说的肉是故乡的水做的，但骨头不是。

2.《岳阳楼记》

先生文中有“滕子京因为岳阳楼而不朽”一句，谁知道今天滕子京却因这《岳阳楼记》留下了被人侦察的线索，有人翻找出那时的记载，说是滕子京申请到的银钱之数大大多于建楼所需的数目，联系到滕子京被谪守巴陵郡就是因为贪污，所以建岳阳楼所余的银子落入滕的腰包似乎没有疑问。心想，如果滕子京早知如此，大约会后悔“附庸风雅”，请什么范仲淹作《岳阳楼记》呢，还不如修了楼，把剩下的银子一揣了事，免得一千三百多年后的今人为了做翻案文章而说三道四的。只不过，范仲淹也是给了滕子京面子的，只说滕子京谪守巴陵郡，而不说是因为什么原因被谪，今天的读者读了，还以为滕是受封建老爷的“迫害”呢。至少，我小时读书时便是这么认为的。当然，还没有谁这么“不识相”，人家请你捧场，你却去戳人家的伤疤。

对于范仲淹的那个千古名句：“先天下之忧而忧，后天下之乐而乐”，施蛰成先生有新解，说：大家高高兴兴的时候，你却在那里愁眉苦脸，自然扫天下人之兴；大家乐过之后（福兮祸所伏的应验），你却在那里哈哈笑，分明是看天下人的笑话嘛，更见其心理阴暗，恶毒之极了。施先生独辟蹊径的戏释，当然是反讽，施先生的红学理论不也遭到过如此的“雄辩”？

3.《昆明食菌》

家乡川西平原也有一种菌，奇大，直径有巴掌那么大，味奇美，其汤有如鲜美的鸡汤，我小时吃过一次，至今难忘，但怎么有缘吃到的却忘了。这个菌子在我们那里叫什么也忘了，不知是不是先生文中的“鸡㙡”。问母亲，母亲一时也想不起来，但愿过几日能想起。该菌生在什么地方不知道，但若今年在这里找到，明年肯定还会在这里找到，后年自然也不会跑了。所以拾菌者不会告诉别人他在哪里拾到。

此一发现竟也可以成为专利，世代相传。拾此菌在夏天的连日雨季中。母亲终于想起，此菌名曰：三大菇。

4.《炒米和焦屑》

先生文中说四川有“炒米糖开水”，我好像没有吃过，也没有见过，但我在湘西吃过。湘西人好像用此来待客。一九九二年，和朋友去湘西，因为那家客栈他曾在前一年住过，算是和老板有交情，我们旅游到此，虽不能再次住他的客栈，但老板仍然热情好客，喊妻为我们端来这炒米糖开水。开水一冲，碗中盛得太满的米花就被冲到了桌上，可见湘西人待人的实诚真挚。也是因为主人太实诚，碗中放了太多的糖和猪油，吃起来也就有些腻。

四川有米花糖，一家一户亦可制作，米花加上熬化了的糖倒进里边刷了油的木匣子中（使其不易粘上），一凝固，倒出来便好了。大多是过年前做。家乡乡间稍懂文墨的人都知道这样一副对联：“腊鸡腊肉腊瓤肠（香肠）；米糕米酥米花糖。”可见四川乡间米花糖是儿童过年通常的吃食。当然也可能是人们贫穷中对能吃上如上食物的理想向往。

5.《咸菜和文化》

记得许多年前读报时，曾读到咸菜的起源，在记忆中好像是起源于秦时构筑长城时，因无数民工吃菜无法供应（尤其是到了无菜上市的冬季），所以想出了用缸腌咸菜的法子。“人民群众有无限的创造力”，斯言不仅不诬，而且堪称善哉。四川的泡菜与咸菜并不是一回事，四川的泡菜的盐水、料水（不时还要加酒玫红糖）是要把菜淹住的，所以叫“泡”；而咸菜好像不是这样，是腌。四川也有用此法的，但那样腌出来的，叫盐菜。四川已出版有诸如《四川泡菜》的书。四川泡菜和别的菜一样，讲究一个色、香、味（朋友戏说，找女朋友也要照此三字衡量），尤其要讲究口感，要脆。小弟的同学上大学时学的是食品化学专业，回县后搞出了一种新型泡菜，塑料密封袋装，春节到我家时，送了一些给我们品尝，味道确实不错，据说畅销得很，打入了外地的市场。对了，四川有一种用泡菜烹饪的鱼，名为“泡菜鱼”，味道绝佳，对于“饮食文化”无甚实践的我，以为“泡菜鱼”的味道比其他任何做法做出的鱼都好。四川还有一道有名的鱼，也以配料命名——“豆瓣鱼”，非用郫县豆瓣不可。

四川有一种酱肉，其做法是：冬天（四川大多在年前十余天），用甜酱加上盐、花椒等作料放在锅里炒热，然后趁热敷到肉上，过几日后再敷，视肉的大小，敷两到三次，风干。食时可蒸可煮，佐酒很好。母亲今年便做了二十来斤。

《物原》上有周公做酱之说。这位周公是周王室成员，乃灭商建周的周武王之胞弟。周公声名显赫，权重一时，不仅是西周初年的军事家，东征大捷，而且还是一位政治家，创立了当时的典章制度。

孔圣人也是一位爱吃酱者，甚至达到了每顿须臾不可离的地步。他有“不得其酱，不食”之言（《论语·乡党》）。

除中国外，日本的酱油业亦很发达，已经超过了我国。据说，还是八世纪中叶，唐和尚鉴真和比丘法进、昙静等人东渡日本，将我国的酱油酿造术传过去的。现在日本人人均消耗酱油约十四公斤，而我国人均消耗仅二三公斤。

酱油含有人体必需的八种氨基酸，食用酱油对人体大有裨益。一美国微生物食品化学家还曾提出了一份食用酱油可以防癌的实验报告呢。

6.《蜡梅花》

我曾在我写的散文《初雪之夜》中说，“我喜欢蜡梅，它柠檬黄的花朵是那么安恬，不躁不喧，透着冰清玉洁般冷冽的美。而红梅却不那么令我喜欢，尤其是初雪中，红梅开得太如火如荼地热闹了，实在是喧宾夺主。”我家院中原有一株，开时冷香袅袅，可谓赏心悦目。我家住的那个院子原是一个果园，果木师傅种花木也是能手，“大跃进”时，果园中的果树一砍而光，果农也就同大家一样，到田地里种庄稼了。十一届三中全会以后，那位果农重操旧业，但不再种果树，办了苗圃，改种花木，父亲也曾在园中种花。园中有许多蜡梅，开时花一朵紧挨一朵，挤在一起，让人想到大街上摩肩接踵的人群。园中也有不少桂树，八月中秋吐香时，早晨一出屋就闻得到。这花木苗圃在村子的后面，现在父亲的墓就安在花圃边的竹林中，不知在这个腊月天，父亲能不能闻到蜡梅浮动的暗香。

因为蜡梅色为黄色，故又被称为“黄梅”“黄香梅”。还因为它傲霜斗雪，不畏严寒，又有“寒客”的雅号。据说，宋代诗人王直方的父亲家有侍女叫素儿，文雅漂亮。一天，晁无咎来串门，王折梅赠之。晁吟诗答谢：“去年不见蜡梅开，准拟新枝恰恰来；芳菲意浅姿容淡，忆得素儿如此梅。”从此，蜡梅又有了一个别称——素儿。

河南鄢陵的素心梅最为有名，曾被苏东坡称为“玉蕊”。这是不是就是先生说的他的家偏重白心，并称之为“冰心蜡梅”的原因呢。

清代汪为熹著《鄢署杂抄》称："其心洁白，其色淡黄，花香芬馥，雅致韵人。"鄢陵的素心蜡梅在北京人民大会堂的河南厅有几株，可惜没到那"神圣的地方"去过，无缘得见。到鄢陵是一定要看素心梅的。当然是要在寒冬腊月的时候。

痖弦初记

一九九二年秋天，收到痖弦先生寄自台湾的来信，他说他一家将在中秋期间回河南南阳修墓祭祖，希望到时我们能在郑州相晤。在这之前，我和痖弦先生从未见过面，但书信往来却已有近两年的时间了。

《痖弦诗集》一书中介绍痖弦说：“（痖弦）以诗之开创和拓植知名，民谣写实与心灵探索的风格体会，二十年来蔚为现代诗大家，从之者既众，影响最为深远。”

痖弦不仅是一个杰出的诗人，而且还是一位著名的编辑家。痖弦是台湾最大的两大报系之一——联合报系的副总编辑，同时他还兼任副刊主编和《联合文学》月刊杂志出版社社长。联合报系的八大报纸除在台湾发行外，还在美国、欧洲、中国香港、泰国建立报纸出版系统，发行一百五十多万份，每天经痖弦先生主编的副刊就有八个版之多。在台湾，痖弦被新闻、出版界称为“副刊王”。

痖弦一九三二年出生于河南南阳，原名王庆麟，出身于影剧系，练就了一口浑厚的男中音，曾任电台播音员十余年。在话剧《国父传》中，他出演孙中山先生一角，因其精湛的演技而获最佳男演员奖。一九六六年，他受美国国务院邀请到爱荷华大学国际创作中心攻研两年后，入威斯康星大学深造，获硕士学位，出版有诗集《深渊》、

《盐》（英文版）、《痖弦诗集》和诗论集《中国新诗研究》等，并编辑有多种书籍出版。

接到痖弦的信，我掐指一算，距他离开郑州回返台湾的时间仅有两天了，于是，我匆匆赶往郑州。想到前不久，先生在给我的信中写道："你瘦谷，我痖弦，同'病'相怜。"不禁莞尔，想见到他的心情便愈加迫切了。

痖弦的诗歌创作开始于一九五一年，"痖弦"这个笔名就是那时在报刊上一展风采的。他早期诗作受何其芳影响较大，同时他还师法奥地利象征主义诗人里尔克，诗句充满音乐的美感，宜于朗诵，听者极易被他诗句的音韵、节奏引入诗歌所营造的氛围和情绪中，并不时被其珠玑妙句拨动心弦。同时他的诗又追求形式的美感，以阴柔纯美的风格意象，在清雅圆润的旋律中抒写隐隐淡淡的愁绪。这个时期，痖弦的诗大多都带着他青少年在中原生活的地域意象和他心中的记忆。

二十世纪五十年代后期，痖弦的诗歌创作风格有了转变。他和洛夫、张默创立的"创世纪"诗社与现代诗社、蓝星诗社在台湾诗坛形成三足鼎立之势，刮起了一股强劲的"创世纪"旋风。从这个时期开始，痖弦开始确立他在台湾的现代派诗歌主将的地位。他的诗笔转向对人类自下而上状态与自下而上本质的探索和挖掘，同时，展开了对现代工商社会溃烂堕落的现实的批判。其诗歌艺术由前期偏重于明朗清丽的抒情转向超现实主义的意象经营，常常通过对梦幻和潜意识的展示和再造，构成扑朔迷离的意境，谱写出沉郁悲怆的生命挣扎和人世万象的复调交响。

公共汽车向着郑州奔驰，公路两侧杨树金黄的叶子纷纷扬扬地向后飘去。痖弦先生那些美妙的诗句就如这秋天的落叶在我的记忆中飘飞。

大约是年龄渐大的缘故，也是人的本性使然，更是诗人“鸟飞反故乡兮，狐死必首丘”（屈原）赤子情怀的表露，客居台岛的痖弦先生对中原、对故乡的思念和爱恋与日俱增。一次，他在给我的来信中说：“家乡戏（曲剧）我迷得很，心情好时总要唱上一段，听录音带时常会流泪。想童年，想故乡，想母亲，那曲调已成为母亲和故乡的象征了。”

车到郑州时，天已晚了，打电话与痖弦的友人联系后得知，痖弦在南阳，还未回到郑州，预计要很晚才能到。考虑到旅途劳顿，免得打扰他休息，我决定第二天上午再去拜会他。

第二天是星期天，我和青年诗人陆健一道，由河南文心出版社社长牛雅杰陪同，去看痖弦先生。牛雅杰先生说，痖弦在南阳突患痢疾，在医院输液两天，才好歹控制住，昨天就是因为痖弦要在南阳输完液才能启程，所以到郑州的时间晚了。

痖弦一家住在政六街友人的新寓所中。敲门后，痖弦先生打开门，把我们让进了屋，牛雅杰同志为我们做了介绍，穿着睡衣的痖弦先生忙抱歉地说，你们请坐，等我一下，转身回到了里间。因还有别的事情，牛雅杰先生就先告辞了。

一会儿，痖弦先生出来了。他穿上了白色的短袖衬衣和灰黑色的长裤，刚进门时他脸上的那种倦怠之色不见了，一副笑眯眯的慈爱的笑脸，风度儒雅，看上去，比他实际的年龄年轻许多。他那双粗黑的眉毛，一下子就让我想到了革命先行者孙中山先生，心想，让痖弦先生扮演孙中山，导演真是慧眼识人。

从痖弦先生迅速梳洗、更衣，然后才坐下来和我们交谈这件小事上，我看到了他身上自然地体现出来的儒家文化——中国两千多年来绵亘流长的恭俭庄敬的品德。

我们谈大陆的诗坛、文坛和文化建设，也谈中原文化的发展，痖弦先生也简明地谈及了台湾文学界的情况。他说，台湾由于经济、工商业的迅速发展，各种各样的传播媒体应运而生，一般年轻人用来读书的时间已经越来越少了。读者流失，就使得文学和出版业相应萎缩了。

……

政六街正巧在飞机的航线下，在郑州机场飞起降下的飞机不时从天空中呼啸而过，痖弦先生亲切、风趣的谈话差不多使我们忘记了时间，猛一看表，才发觉时间已过去近一小时了。考虑到痖弦一家午后就要从郑州登机经香港返台，除了要打点行装外，痖弦先生病后也需要休息。于是，我们站起来向痖弦先生告辞。

痖弦先生送我们出门，不断地说着抱歉的话——时间太仓促了，不能留我们久坐、聊天。我们说，没关系，我们还会再见的，还有机会聊天的。

痖弦先生，再见……

丰子恺先生的“美丽错误”

记得第一次看到丰子恺先生这幅《人散后，一钩新月天如水》，就喜欢得不得了，然后就总是把它带在身边。它是一幅很小的印刷品，是从杂志中裁下来的，其实就是一张薄薄的画片。

喜欢它体现出的中国文化中那种虚静的时空观，一壶茶与已散去了的友朋、圈起的芦帘和屋外的月色，有着李泽厚先生所言的禅的意味——“对时间的某种顿时的神秘领悟，即所谓‘永恒的瞬刻’或‘瞬刻即可永恒’这一直觉感受”。

从喧闹繁华的大街中回到自己栖居的小屋，从疲惫而又烦躁的文字操作中停下来，看见它，我便会沉静下来，面对它真是有一种在瞬间的直观中获得万古长空般的永恒之感。

这一次，不知怎么了，我会在体会它的意境的同时注意起了它的细部，而过去我从没有这样注意过——只要有着基本的天文知识，都可以知道画上的月亮根本不是新月，而是残月。

一般的人不知道农历的日子，只看月相很难分清怎样的月相是新月，怎样的月相是残月。对于这一点，有一个简单的办法，是小的时候老师教给我的，他说残月的时候，月亮看起来正好像是“残”字拼音的字头“C”，新月的凹面则与残月相反，所以只要记住残月的形状，自然也就知道了新月的形状。

作为李叔同的弟子，丰子恺是中国一代漫画大家。据现在可以收集到的资料证明，《人散后，一钩新月天如水》还是丰子恺先生发表的第一幅漫画呢。

一九二四年，丰子恺的好友朱自清把这幅画稿拿了去，发表在了朱自清和俞平伯当时合办的一份不定期文艺刊物《我们的七月》上。《人散后，一钩新月天如水》是一幅古诗新画，画题来自宋朝临川（属江西）诗人谢无逸的《千秋岁·咏夏景》。丰子恺先生曾言："我觉得古人的诗词，全篇都可爱的极少。我所爱的，往往只是一篇中的一段，甚至一句。这一句我吟咏之不足，往往把它译作小画，粘在左右，随时欣赏。"

这幅画发表后，被郑振铎看到，他也非常喜欢，说："他的一幅漫画《人散后，一钩新月天如水》立刻引起我的注意。虽然是疏朗的几笔墨痕，画着一道圈起的芦帘，一个放在廊边的小桌，桌上是一把壶，几个杯，天上是一钩新月，我的情思却被他带到了一个诗的仙境，我的心上感到一种说不出的美感，这时所得到的印象，较之我读那首《千秋岁》（谢无逸作，咏夏景）为尤深。"

可见，郑先生也被这幅画感染，甚至被迷住，他也认为丰子恺先生在这幅画上所画的月亮是新月。

这真是一个"美丽的错误"了。也许它的珍贵就像错版的邮票。我甚至想找一个机会，求我的画家朋友把它临摹下来，裱了挂在屋里，只是把画上的残月转一个方向，让它与题款一致。我对朋友这么说的时候，我的朋友却说我多事。他说：错误如此美丽，又孰论新月残月。他说的也对。

遥想港岛逝人

我有一个习惯，外出旅行，常会临行前翻翻书，预先知道那个地方有什么文化名人的故居或者墓地；待到了的时候，也还会到书店里找一两本关于当地人文风情的书，放在旅舍的枕畔，以便抽空“按图索骥”地去凭吊一番，以寄托自己的崇敬之情。我已去过大江南北、长城内外的许多地方，也凭吊过不少文化名人们的故居和墓地，但我还没有去过香江之畔那个被名之为“东方之珠”的港岛。但我知道，在那里有许地山先生的墓，许地山先生所住的罗便臣道一百二十五号寓所虽已经被拆去，但港大中文学院他的办公室还保存得很好；在那里，有萧红另一半骨灰。一九四二年一月二十五日黄昏，端木蕻良和骆宾基（爱她或她爱的人?）把萧红的一半骨灰卜葬于浅水湾丽都花园海滨。一九五七年，浅水湾热闹兴盛的旅游已不能使九泉下的人安息，于是，萧红的友人于八月三日便把她迁葬于广州郊外的银河公墓，而她的另一半骨灰却留在了香港。如果说，在香港的那十多年间，“身”居两处的萧红偶尔还能在夜深而灯红的时候游聚一起，听涛望月，那么一九五七年八月之后，两个花瓶中的骨灰相隔于香江，路途迢遥，要想相遇当更难了。

许地山先生的墓地在薄扶林道的中华基督教坟场，墓号是甲段十一段三穴之二六一五，青色的石碑上刻有“香港大学教授许公地山之墓”的字样。不知道从一九四一年的八月至今，有多少香港人去墓地看望许先生，也不知道是不是有敬爱许先生的人在默默地看护并修葺许先生的墓地。如果没有，许先生的墓该是怎样的冷清，怎样的荒败。许先生是对香港的中国文学有着继往开来的贡献的人。一九三五年许先生到港，出任港大中文学院主任兼教授，被港人曰：“此后香港中国文学之日益发展，皆以此为枢机也。”胡适先生亦言：“自从许先生主持港大，招生的题目就用白话文，那么学生的试卷自然也不能不用白话了。这样，才把香港中学校国文的文言文的锁完全打破，这是何等伟大的功绩呢!”

许先生生于一八九四年二月三日，一九四一年八月四日殒于心脏病，终年四十九岁。

萧红在香港的另一半骨灰葬在屋兰士小街上的圣士提反女子中学斜坡上的小花园中。我至今不知道，当初端木蕻良先生为什么会把萧红的骨灰一分为二，和骆宾基一道把一半葬在浅水湾，一半留给自己，独自一人把它盛入花瓶中，埋在了圣士提反女子中学的小花园中。据港大教师小思所言，那个小花园绿树成荫，幽静无人，铁门永远用链子锁着，早晨和黄昏都有鸟儿在园中婉转歌唱。那个花瓶就埋在园中的一棵大树下。而浅水湾早已没有了写着“萧红之墓”的木牌，那坟旁的凤凰木也找不到了。这热闹的浅水湾曾在张爱玲的《倾城之恋》中充当过白流苏和范柳原花样翻新的爱情故事的戏台子。这热闹的浅水湾曾埋葬过一个来自北国的多病多才且多情的女子的半缕异乡游魂。在这太平洋的边缘，如果她的灵魂还在，她还会游荡在商市街吗？太平洋的涛声会使她怀想她故乡呼兰河奔流的咽声吗?

这一切，我们不知道，永远也不知道了！

端木蕻良先生在京去世时，理解先生的端木夫人说，先生的骨灰将有一半被葬于香港圣士提反女子中学的那个小花园之中。如果萧红地下有知，她当心有所安。同时，对于我这样热爱萧红作品的后学者而言，自然在叹息萧红红颜薄命之后，也算有所安慰了；毕竟一个人在死之后能和自己爱或被爱的人葬于一处，大约也可以算是三生有缘的事情。

萧红终年仅三十一岁，在短短的生命历程中，她却为我们留下了数百万字的作品。她在香港的两年，既是她生命的最后时期，也可以说是她文学创作生涯的峰巅时期。在这个时期，她的代表作《呼兰河传》连载于《星岛日报》。

我想，有一天我会走过罗湖桥去看他们，看许先生，看萧红，对，还有蔡元培先生，等等。去看他们的墓地、他们的故居，走过他们走过的街市、他们走过的山道，怀想他们……

平生最爱是东坡

一九八一年的夏天，我终于结束了我的学校生活，即将远行中原。一想到自己生为巴蜀之人，竟还未去过距家仅两百来里的眉山，拜谒三苏祠，心中便有一丝丝的遗憾，所以在临离家前，去了一趟眉山。

那时候，我其实只知道苏东坡的大名，知道他是我国历史上被称为“天下奇才”的人物，对他在诗、文、词、书、画诸方面的辉煌成就知之极少。后来，随着自己的阅历稍长，自己才真正被苏东坡“迷”住。我想，任何一个对苏东坡的人生、性格和文学艺术观有一知半解的人，他的鲜明个性所闪射出来的人格魅力你都无法抵御。

他的政治才能，宋仁宗说是宰相人才；他的文章，被列入唐宋八大家之一。老实说，宋代六家的散文是有高下之分的，但苏东坡名列前三名却无甚疑问；他的诗词，名震当代而又流传后世。清时史学家、文学家赵翼在他的《瓯北诗话》中说苏东坡的诗，“才思横溢，触自生春，胸中书卷繁富，又足以供其左旋右抽，无不如志。其尤不可及者，天生健笔一枝，爽如哀梨，快如并剪，有必达之隐，无难隐之情。此所以继李杜后一大家也”。而苏东坡的词，“指出向上一路，新天下耳目，弄笔者始知自振”（王灼《碧鸡漫志》），在北宋的词坛上，堪谓令人仰止的高山之巅；他的书法，与黄庭坚、米芾、蔡襄并列为北宋四大家，且居首位。他的字神采飞扬，自成一格，称为“苏体”，后人竞相学之；他还是一个著名的画家，不拘一格，首开其“文人画”之先河。他尤其擅长画枯木奇石，“木枝干虬屈无端，石皴老硬，大抵写意，不求形似”（夏文彦《图绘宝鉴》）。米芾《画史》上有一则记载说：苏东坡画墨竹，从地一直画到顶，根本不分节。米芾问他为什么不画竹节，他的回答非常耐人寻味：“竹生时何尝逐节生?”

眉山今属乐山市，乐山在苏东坡时代称为嘉州。岷江就在乐山汇入长江。岷江由西涌流而下，与从峨眉山流下的另一条河汇合，笔直地冲向中外闻名的乐山大佛，然后，大江慢慢转向，再向东去。在巍峨秀丽、云雾弥漫的峨眉山的阴影中，在乐山市以北四十里的地方，三苏祠安静地沐浴着日月之精华，汲收着青山秀水之灵气，为中外景仰苏东坡、热爱苏东坡的崇拜者讲述九百年前那个卓越才子的传奇故事。

苏东坡曾在自己的文章中提到他的故宅，说“家有五亩之宅”。一九八一年，我到三苏祠的时候，听祠里的工作人员说，旧时的房屋早已不复存在了，现在的三苏祠是后来重建的，面积比五亩大了许多。在我看来，现在的三苏祠还是与我想象中的模样差不多，没有像有些古人的旧居修得跟现代别墅一样洋气漂亮的毛病。祠中有一口水井，其井栏是当地所产的红砂岩。据言这口井还是九百多年前的那一口旧井，现在还能从井中汲上水来。我把头探向井口，井中黑幽幽的，望不见水面，但可以看见靠近井口石壁石缝间蜈蚣草之类的蕨类植物，给人一种不得不发思古之幽情的感觉。后来，自己喜欢上了现代诗，回想起当初扶着井栏，望着幽深古井的感受，写了一首名为《石井》的诗，记得其中一段是：

我看见过井中的月亮的样子
也看见过汲水的木桶
碰碎如雪的云
和蓝蓝的天的样子
我想，现在
当正午的阳光
穿过淡淡的氤氲
抵达圆形水面的时候
井壁间的蜈蚣草
该在幽蓝如镜的水中
投下多么美妙的幻影

其实那天并没有“正午的阳光”，那天有淅淅沥沥的雨，游人也少。我没有带雨伞，也没有游伴，一个人在房廊和园中漫行，完了坐在披风榭中，静静地听风和雨在竹梢和绿丛中舒缓的响声。伫立在苏洵曾手植莲花的瑞莲池边，看斜斜的雨脚在水面、在莲叶上跳跃闪烁，风雨中的莲花飘出淡淡的幽香，那一会儿，我的心甚至全身都变得清凉起来了。

祠中正屋的西侧还有一棵荔枝树，据说是苏东坡的家人所植，想等喜欢吃荔枝、在海南流放时“日啖荔枝三百颗”的苏东坡回来时吃。苏东坡身不由己，被权奸所害，被朝廷一贬再贬，四处流寓，最后客死异乡，终没能吃上家园中的荔枝。据植物学，荔枝树的寿命极难逾九百年而不死。现在想来，那棵三苏祠中的荔枝应是后人所植才对。

我至今仍未再去过三苏祠，一九八一年的眉山之行真是弥可纪念。

那时的一时兴起，却在今天成了美好的回忆，是不是那时候的苏子在冥冥中曾给我的心灵以召唤呢？但至少，那次游谒使我后来不知不觉中开始认真阅读苏东坡的诗文词赋，开始搜求有关苏东坡的研究资料。而我对苏东坡知道得越多，便越是崇拜他，越是迷恋他的才华和魅力。但我却又极难准确地说出他的魅力为什么会胜过历史上任何圣贤、任何天才、任何大儒。当我读到林语堂先生的这段话时，我才恍然大悟。林先生说："苏东坡有魅力，正如女人的风情、花朵的美丽与芬芳，容易感受，却很难说出其中的成分。"

苏东坡对他的弟弟苏子由说："吾上可陪玉皇大帝，下可以陪卑田院乞儿。眼前见天下无一个不好人。"其实苏东坡说这话的时候，他已屡遭权奸陷害，其中一些还是他的"朋友"，他的"同行"，但他仍然快乐如故，无忧无惧，以旷达大度的胸襟面对人生。我想仅此一点，便会使那些害人之人终身愧悔的。

林语堂先生在他用英文所著的《苏东坡传》中的序中说："苏东坡是一个不可救药的乐天派，一个伟大的人道主义者，一个百姓的朋友，一个大文豪、大书法家、创新的画家、造酒试验家，一个工程师，一个憎恨清教徒主义的人，一位瑜伽修行者、佛教徒、巨儒政治家，一个皇帝的秘书、酒仙、厚道的法官，一位在政治上专唱反调的人，一个月夜徘徊者，一个诗人，一个小丑。但是这还不足以道出苏东坡的全部。一提到苏东坡，中国人总是会心一笑，这个结论也许最能代表他的特质。"

平生最爱是东坡。即使你稍稍地涉及苏东坡充满性灵的生活，你便会感受到他的浩然之气——那是我们在忙碌生活中抵挡不住的魅力。

徽宗在燕京

“月明星稀夜，皆欲向南飞。”

北宋那个出使契丹的使臣，在燕京驿舍的墙上看到了一只飞翔的乌鸦，旁边写着这两行诗。

他的眼泪慢慢地流了出来……

故国之思、人心思汉，可贫弱的北宋却眼看着自己的人民和土地落在异族的手中而无能为力，几次征讨，均无功而返。按燕京城里的老百姓的说法就是：“尔不得汉民，命也。”

北宋的赵家天子何曾想到，到了一一二七年，徽宗和钦宗竟也“人为刀俎，我为鱼肉”，成了燕京人的邻居——而且这邻居还是囚徒，分关在燕京的延寿寺和悯忠寺（今天的法源寺）。

只不过这回的爷是金人女真了。

关在延寿寺的徽宗想到那个多年前回到东京汴梁的使臣所述——燕京的墙上画着一只乌鸦，旁边写着两行诗。他想把这两行诗写下来，手却抖得厉害，竟不能写出他自创的瘦金体。

他想起他最后在位时与金人的那次“合作”。

一一二〇年那会儿，女真对辽有了严重威胁，徽宗的臣子和幕僚以为机会来了。徽宗派人从山东浮海与女真联系，订立了“海上同盟”，议定两国合兵攻辽，金人攻中京大定府，宋取燕京析律府，以长城为界，彼此用兵不得过关。事成，则燕云十六州归还宋朝，宋则以每年给辽的岁币二十万两、岁绢三十万匹两给金。

金人兴师攻辽，势如破竹，一一二二年春上便把辽国的中京端了，天祚帝成了丧家之犬。

徽宗听到消息后，匆忙要宦官童贯率师巡北，以响应金军。

辽天祚帝西逃后，在南京也就是燕京的大臣便拥立耶律淳为帝，可惜耶律淳命无帝相，转眼就死翘翘了，埋在了香山永安陵。

五月，宋军进到白沟，那会儿的白沟很荒凉，他们当然也就没有看到今日白沟商贸繁盛的景象。现在，新的北京西客站中好些人手中提着的箱包，都来自白沟。

在白沟，宋军一战即溃，退保雄州。

七月，宋廷再令童贯、蔡攸进兵，由于辽之降人郭药师的“常胜军”拿下了涿州和易州，宋军才得以进逼至良乡。宋辽两军隔卢沟河也就是现在的永定河对峙，郭药师则率轻骑乘虚绕道固安、安次，早晨混在入城的草车行列里，夺迎春门而攻入了燕京城中。下午，金人肖干率军还城入援，宋将刘延庆所率之大军屯于卢沟河南，却不做增援，两军在城中巷战，疲困不堪、中午喝酒又喝高了的“常胜军”大败亏输，仅郭药师少数人得以弃马顺绳越城墙得以脱逃。

燕京城“解放”仅数时，又落入金人手中。

怯弱的宋军听到郭药师的败讯，大为惊恐，便火烧连营，纷纷溃败。王安石熙宁变法以来长期蓄备的军需器械因此而损失殆尽。

此时的衰人童贯考虑的不是国家社稷，而是自家的身家性命，他害怕自己因无法收复燕京而获罪，便秘密派人求助于金人。

十二月，金人从居庸关、得胜口两道南下，自南门进入燕京。

这时天真的宋廷以为金人会按照原约交还燕云十六州；而金却说宋出兵失期，同时又以燕京为金兵所取为理由，要求把每年燕京租赋六百万中的一百万缗为代租钱赠予金人，作为酬谢。几经交涉，宋廷只好全部接受这种丧权辱国的条件。

更为可恶的是，为了免使金人追索辽之降人郭药师，宋廷还主动提议：凡是幽燕境内家财在一百五十万贯的富实人家，可以尽数由金俘迁到关外去。

天真的宋廷以为这样就安生了，错矣！

一一二五年，金人又来了，幽燕地区再次成为异族人的天下。

唉，不是金人太狡猾，而是宋廷太愚蠢。

弱国无外交啊！

徽宗、钦宗在燕京没待多久，就被北迁去了五国城。离开燕京时，从高高的白塔旁经过，徽宗和钦宗不约而同地抬起了头，而阳光下的白塔却晃得两人睁不开眼。

徽宗眼冒金星。在东京汴梁的时候，他画过一幅工笔《芙蓉锦鸡图》，极为得意；而现在，其上的锦鸡却幻化成了被钉在墙上的乌鸦。

徽宗砰的一声栽倒在了马车中……

说“癖”

二〇〇五年春夏之交在亚运村“富春江”吃饭，不知为何说起了人的癖好，顾建平说张岱对人的癖好的论述，我则说张潮对人的癖好的论说，可能是有点儿晕，各说各的，前提不一样，说到最后顾老师则说张岱的话更为有名。嘿嘿，偷换概念了。

张岱的名言是：“人无癖不可与交，以其无深情也；人无疵不可与交，以其无真气也。”

张潮的名言是：“花不可以无蝶，山不可以无泉，石不可以无苔，水不可以无藻，乔木不可以无藤萝，人不可以无癖。”

言归正传。

先人们在业余生活的玩乐方面，应该说是造诣殊高、文化深厚的。玩乐并不仅仅是风流名士的风雅之兴，即使是寻常百姓也同样在闲暇的生活中善于找到“乐子”，譬如看戏、听书、下棋，养花、鸟、虫、鱼，斗鸡、斗蟋蟀，三月放风筝，等等。《战国策・齐策》中有：“临淄齐国之都，城中七万户，其富而实，其民无不吹竽鼓瑟、击筑弹琴、斗鸡走犬，六博鞠者。”可见，在战国时代，人们的玩是异常丰富的，也是玩兴盎然的。

而大凡对某事某物迷恋、贪玩到如痴如醉者，便称其为癖，毫无疑问，癖是玩者的最高段位，也是玩的最高境界。

两百多年前，满族人掌权那阵子，山东淄川蒲家庄（今淄博市）有一个叫柳泉居士的蒲老人家，写了一本《聊斋志异》，其中有一则《棋鬼》的故事，其玩棋而成癖、最后深受棋癖毒害的主人公马成，大概算得上一大癖者。马成者，“湖襄人，癖嗜弈，产荡尽。父忧之，闲置斋中。辄逾垣出，窃引空处与弈者狎。父闻，诟詈，终不可止。父愤悒，赍恨而死。阎摩王以其不德，促其年寿，罚入饿鬼狱……”马成做鬼之后，仍玩心不死，癖嗜弈棋，与扬州督统将军梁公对弈，却屡战屡败，屡败屡战，令梁公感慨系之：“癖之误人也如是夫！”其聊斋先生也在文末叹曰：“见弈遂忘其死；及其死也，见弈又忘其生。非所欲有甚于生者哉？然癖嗜如此，未获一高着，徒令九泉下有长死不生之弈鬼也。可哀也已。”

有此白纸黑字为证，当推马成为“棋又臭，瘾又大”的祖帅爷了。

这让俺想到庄周梦蝶的故事。对于马成而言，棋就是马成，马成就是棋，谁知道是马成在玩棋呢，还是棋在玩马成。

人有一癖，当然不足道哉，但诸如马成者确实是癖之极致，已不是人染其癖，而是癖玩戏痴人了。还有癖之怪者，其前无古人，后无来者，有悖常理的行为，堪可与马成者流同登玩而成癖之《吉尼斯大全》。《南史·刘穆之传》中说：“穆之孙邕，性嗜食疮痂，以为味似鳆鱼，尝诣孟灵休，灵休先患炙疮，痂落在床，邕取食之。”刘邕便是以举世一辙的嗜痂之癖“名垂史册”的。

这样的怪玩局限于感观口腹之享，也未免太无流、太低级趣味了。

与刘邕相比，贾宝玉“吃胭脂”的癖好当然文雅多了，很有些绅士派头，与西洋男士在淑女手背上轻轻一吻的惯例可能有文化比较学上的价值。只可惜，现代人不可模仿，否则女士满街惊叫，警察忙不过来不说，胭脂未吃，反倒吃女士的一记响亮巴掌，然后再吃官司，那就够受了。吃胭脂之癖大概只有任贾宝玉独享了，我辈断无此艳福。

马成玩之成癖，当然是一个特例。按现在的话来说，便是马成没有扬长避短，发挥优势，找到发挥自己才能、发展自己的道路，而是误入棋癖之歧途了。其实，在中国古代（洋人亦然），因玩而成癖，因成癖而成事业者是不胜枚举的。因为患癖者大多专心致志，而且持之以恒，大有聊斋先生“有志者事竟成卧薪尝胆百二英雄终属楚，苦心人天不负破釜沉舟三千越甲可吞吴”的志气、雄心和毅力。这等玩之成癖者，什么样的学问、什么样的事情做不成呢？想想可怜的马成，他确实算是天下第一倒霉蛋。

《晋书·杜预传》中身怀文功武略，人称“杜武库”的西晋学士、将军杜预，便对其《左传》一书有癖，经年手不释卷，再三批阅，撰写了一本《春秋左氏经传集解》。该书是《左传》注解流传到现代最早的一种，被收入《十三经注疏》。

对于癖，中国古代的文人墨客亦多有高论。在他们看来，若一人无癖，实在是枉活人世的。整日为功名利禄愁眉苦脸，人生有何乐可言？所以，他们之中便多有玩兴、并玩而成癖者，对此还沾沾自喜；但其中是否有故意而为，附庸风雅之伪玩伪癖者，也未可知。

清朝一代名士，徽州人（今安徽省）张潮在其所著《幽梦录》中说：“花不可以无蝶，山不可以无泉，石不可以无苔，水不可以无藻，乔木不可以无藤萝，人不可以无癖。”在名士张的眼中，癖之于人几乎与温饱相提并论。温饱是人物质生活方面最低，也是最重要的两个要求；而癖之于人却是精神生活方面的显著标志。按照“两个文明”

（精神和物质）一起抓的大政方针，温饱和癖又岂可论孰轻孰重？

张潮对于癖之论是从美学角度来说的，而以强调抒写性灵、崇尚自然的公安派创始人、明朝文学家袁中郎（宗道），却是从哲学的高度，即“物质第一性，意识第二性”来阐述的。他认为，癖可以改变人的性格，决定人的意识，而且还可以使人“旧貌换新颜”，所以，他说：“世上语言无味、面目可憎之人，多无癖之人。”

自我检点，既不会玩，更无有何癖的我真是有点儿不敢对镜而观了。好在还有人说“一日不读书便语言无味，面目可憎”，而自己好歹还可以算一个天天都要读书的人，所以其面目还不至于那么影响市容，得罪观众。

秋之园

中秋赏月之地最好在园林之中，这当是“共识”。在园中，三五好友携一瓶或两瓶藏了一年的桂花陈酿，寻一石桌，拂去桌和凳上的枯叶和夜露，团团围坐，浅浅地斟，浅浅地品；仰头的时候，一轮皓月悬在幽邃的天空中，可以清楚地看到月轮的边上有一道像宣纸上的墨色洇漫一样的毛边；身旁有几处竹丛飒飒地响，身上便有斑斑月光摇动。有人说，温一壶月光下酒，其实月光已兀自飘进了杯中，让中秋的赏月人不知道是月中的桂花飘香，抑或是不远处湖边满树像点点灯花一样的丹桂沁入了赏月人的肺腑。

吾乡四川新都便有这样一座园林，名为“桂湖”。桂湖面积四万六千五百平方米，水域占一万六千三百平方米。湖中有荷，湖上有栈道，亭台楼榭点缀于园中，每逢中秋，园中桂花开满树，香满全城。在中国，它的名气不算小，屡有园林专家提到它。它是明朝状元杨升庵的故宅。杨升庵名慎，字用修，升庵是其号。杨慎生于弘治元年，正德六年殿试第一中状元，是明代四川唯一的状元，授翰林院修撰。嘉靖三年，因朝议斗争，被谪戍云南，终身不赦，客死于异乡。

杨慎流放半生，所到之处，兴教育，结诗社，致力于西南各兄弟民族的文化交融，可以说有功于中华民族的成长。杨慎著作等身，大约算是中国古人著述最多的大家，达四百余种，涉及经史诗文、音韵词曲、金石书画、戏剧、医学、天文地理、动植物等。故《明史》说他："明世记诵之博，著作之富，推慎为第一。"

杨慎是桂湖的创始人。虽然之前有诗言新都南亭："碧潭初秀月，素林惊夕栖。"但所言为桂湖前身的风景，到了明代，这座园苑成为杨氏家庭的花园后，县志才有杨慎栽桂树数百株的记载。当时之宰相（杨父廷和）、状元，一门七进士之家，正属兴盛发达之时，故能把花园修得绮丽典雅。其祖父杨春，是进士身，多年官宦，德高望重的耆老，致仕还乡，有许多显宦名流，前来拜谒而宴游于桂湖。四川巡按卢雍的《桂湖夜月》诗，就在这时写的。杨慎友人胡孝思，从四川调任南京时，杨慎那首"清风明月"的《桂湖曲》，就是在桂湖为他饯行之作。杨慎同夫人女诗人黄峨，在这里度过了其惬意的新婚生活。他们同赏三春花柳、中秋明月，流连信步于荷堤桂下，赋诗于榴阁。

杨慎的故宅，近代被辟为公园，成了人人可游玩的地方。这公园大门两侧挂着郭沫若拟题的对联："桂蕊飘香美哉乐土；湖光增色换了人间。"但我不知道，现在在中秋的夜晚它是不是会对游人开放；因为在那些年，在夕阳西斜的时候，总有一些臂套红袖套的人高声大嗓地吆喝着"清园"。每到此时，那些沉醉于爱河中的恋人们便会被"红袖套"们赶得仓皇"出逃"。

中国的古典园林大多是"文人园林"。因为我国古代的文人大多深受禅宗的影响，所以禅宗又被称为文人的宗教、士大夫的宗教。禅文化深刻地影响了文人们的人生哲学和生活情趣，所以禅院的布景格局也就无可避免地体现在了文人园林中。禅院多建在山中，意在"出世"。这对于未出家的文人，便有了向往山林的风气。如李格非《洛阳名园记》所言，在宅旁修建个或大或小的园林，是士大夫们的癖好；

而那无力造园者，则在壁上挂一幅山水画，幻想咫尺间而有千里之势。这便是中国园林“境由心造”成为要旨的缘由。董桥在《读园林》中说：“园林多么繁华都靠不住；用画用诗用文写出来的纸上园林反而耐看耐读。”又说：“饱读纸上园林，可以读出自己心中的园林。”我看倒未必，纸上的园林是听不见鸟鸣，也闻不到花香和泥土味的。

几乎每一座著名园林的造园者都细心地考虑到了一日四时、一年四季万物枯荣、时序更迭对园林景和情的影响。自然，秋之园景，中秋月下的园景便成了他们造园时的重中之重。其中名为“观月”“玩月”等名目繁多的亭阁便是明证。我国著名的园林学专家、同济大学教授陈从周在主持重建了上海豫园东部之后，说：“‘近水楼台先得月；临流泉石最宜秋。’这是豫园东部重建后我的题壁。‘宜秋’二字，可说是我园景构思的中心。”

可见，即使是今天的园林专家也都喜欢把自己对秋天、秋月的喜好融入自己的造园中。秋月中中秋之月自是“上上品”，因为“新月恨其易沉，缺月恨其迟上”（清·张潮），中秋之月恰可满足人们向往圆满人生的愿望。

“万古长空，一朝风月。”这是禅的秘密，是个体的人对时间某种顿时的领悟，即所谓“永恒在瞬刻”或“瞬刻即可永恒”这一直觉的感受。我想，在中秋之月的映照下，想象着远方的故园，我们当有些许的感慨：“秋夜一天云月，此处尽悠悠。”（南宋·朱熹）

花落朱仙镇

1

十一月的一个早晨，天阴暗着，灰色的雾霭把天空和天空下的原野弄得昏昏沉沉的，前几天的那场小雨在沾着泥块的公路上还未完全干去，使我有一种我乘坐的汽车不时在公路上滑一下的感觉。

我们的车子在冬天的原野上奔驰。黄河两岸的原野广袤辽阔，予人一种荒芜的印象——树叶几乎已经落尽了，而麦苗还那么羸弱。这片土地尽染七朝古都开封的金粉，古老的历史和深厚的文化笼罩着它，我仿佛感觉到，只要我走到田野中，随便捧起一捧黑色的泥沙，便能看到历史老人蹒跚的身影，随便握住一缕湿雾，便能嗅到那悠悠飘逝了的文化气息。久闻朱仙镇和朱仙镇木版年画之大名，也隐约知道它们今日衰落的现状，这次乘兴采访，一是盼望自己在一直较为注目的民俗学方面有所收获；二是想通过历史上政治、经济和文化形态的互动、对比，去寻找历史发展中的文化尤其是民俗文化的变迁。如果说自然界中万物的枯荣是季节的更替支配的，那么，时代的变换、文化的兴衰背后又站着什么样的主宰者呢？我便怀着这样的疑问，开始了我的朱仙镇之行。

2

朱仙镇相传以战国时朱亥得名，《通鉴辑览》中有：“朱仙镇在开封府祥符县西南，以朱亥旧里，故名。”又据《史记·魏公子列传》，朱亥乃信陵君门客，所谓“窃符救赵”事件的主要角色。朱仙镇自唐宋以来，一直是水陆交通要道和商埠之地，尤其是明朝贾鲁河（又名东京运河）自北向南穿朱仙镇而过通航后，朱仙镇成为开封唯一的水陆转运码头，进入兴盛时期。大概自十七世纪到十九世纪即明朝末叶，清朝初叶、中叶和末叶前期，朱仙镇进入鼎盛时期，这个时期的朱仙镇与广东的佛山、江西的景德、湖北的汉口，并称为中国的四大名镇。明末清初时，该镇民商有四万余户，人口达二十多万。

朱仙镇距开封市仅四十余华里，所以我们的车子从开封到达朱仙镇时，还可见到镇上人家屋顶上乳白色的晨炊之烟缕。因为是阴天，灰雾的浓淡和早晨我们启程时几乎一样。停下车子后，我们一行三人就迫不及待地开始在朱仙镇漫步穿行，走路的样子虽像“闲人”一样漫不经心，而眼睛却与“探子”一般四处东张西望，唯一要提防的是街巷中会不会突然蹿出一只猛犬，疑我们是贼而给予我们“深深的一个吻”。

我不敢相信我的眼睛，曾经有二十余万人的繁华市镇现在竟是如此的破落，人口仅有约四万人。要知道一百多年前一个地区的人口总数和今天同一地区的人口总数相比是有几倍的悬殊的，而在这个著名的商镇却出现了如此巨大、不可思议的反比。

不到一个上午，我们便走遍了朱仙镇的大街小巷，我发现曾经那么鼎盛、中外驰名的朱仙镇木版年画几乎已经在朱仙镇销声匿迹了。除了在估衣街的大关帝庙中的朱仙镇木版年画社（朱仙镇木版年画研究会）外，我们找不到一家木版年画商号和作坊，曾在历史上享誉四方的万通、天成、老店等画坊杳无踪迹。在估衣街小学西边，画社的门口，我们好不容易找到了一间低矮阴暗、仅四五平方米、斜搭起来的临时小屋，连招牌也没有，我们三人走进去时，屋里便狭小得难于转身走动了。这里所卖的水印木版年画印制相当粗糙，色彩灰暗，套色歪斜不准，与朱仙镇木版年画的盛誉相去十万八千里，根本不能令人相信朱仙镇木版年画的历史还有那么辉煌的一页。在我耐着性子细心地挑了几张质量较好的买下时，我发现画上印有“天成”“老店”等字号。我惊喜地问店中卖画的：“天成、老店在什么地方?”

她答道：“早没有了。这些画是这些老画店留下的木版印的。”完了，她向小店旁边的朱仙镇木版年画社努努嘴，又说，“都是他们印的。”

3

一九八七年，我去上海参加《文学报》一个诗赛的评审，抽空去了一趟鲁迅纪念馆，在那里，我第一次见到了朱仙镇木版年画。画的下边，有一些说明文字，大意是鲁迅先生非常喜爱朱仙镇木版年画，先生生前通过版画家刘砚收存了八十余幅，今天的上海鲁迅纪念馆还存放有二十六幅朱仙镇木版年画。当时，以我的年龄及在河南居住的时间而言，我还不知道距自己工作之地仅一百来公里的朱仙镇能印制如此漂亮，多姿多彩，韵味纯朴、乡土的水印木版年画。当时的我还不知道朱仙镇的木版年画已经衰落了。我想，回河南后一定抽空去一趟朱仙镇，采访那些技艺精湛的年画刻印艺人。而现在，当我知道并证实了现在的朱仙镇木版年画如此凋敝时，我的心情实在是失望之极。几乎一整天，哪怕是中午在镇上一家清真小饭铺吃饭时，我都不忘寻访那些曾经一身技艺、终在时代的浪潮中没入风尘俗众的木版年画艺人。冥冥中，我相信朱仙镇木版年画的薪火一定还握在那些历史赋予他们重任的传承者的手中。中国古老优秀的艺术不会在那么短的时间内就死去的，尤其是民间艺术的生命力更强。我想，即使历史的戏台上在某些场次中出现了这种艺术的缺席，其实这种艺术这时候正在幕后重新画脸，默诵未来再现的台词。

下午，我们采访了朱仙镇木版年画社社长及朱仙镇木版年画研究会会长陈艺先生。在未见到陈艺先生的时候，我还以为他是朱仙镇木版年画诸如万通、天成之类老画店的传人，结果一交谈，才知道他根本不是朱仙镇人。陈艺原是开封县文化馆一个喜爱版画的美术干部，有感于朱仙镇木版年画的衰落和其他几大年画产地每年印制年画所获得的经济效益，所以在四年前创立了朱仙镇木板年画社和研究会，除了艺术喜好外，更多的是商业目的。

其实，商业目的对于大众文化的延续发展而言，并不是一个坏东西。在目下这个以市场为机制，商业利益和效益为目的的时代，即使是文化的生存都需要足够的钱，何况发展乎？商业、市场和艺术之间并不是不可调和的，它们相互间的作用和反作用常常会促进艺术的发展，而美的、被大众接受的艺术亦会促使市场的繁荣。只不过其间的奥妙是很难让普通的文化人掌握的，许多纯粹的文化艺术在商业、市场的大机器中被扭曲、粉碎了，从而变得媚俗和庸滥。对朱仙镇木版年画社而言，不管当事人最初的动机如何，他发掘、整理、拯救了濒于灭亡的朱仙镇木版年画，仅此一点，便可喜可贺。

4

朱仙镇木版年画历史悠久，据传可以上溯到唐代。在历史上，河南朱仙镇、江苏桃花坞、天津杨柳青、山东杨家埠、河北武强形成了中国五大年画产地，但以其始创和起源的年代而言，朱仙镇可称为中国木版年画的鼻祖。朱仙镇木版年画继承汉唐壁画艺术，由桃符演变流传而来，明清时最为鼎盛。南宋孟元老所撰的《东京梦华录》中记载："十二月，市进皆印卖门神钟馗桃板桃符及财门钝驴回头鹿马，天行帖子。"民国五年，李步青、廉方识所编《岳飞与朱仙镇》一书说："红纸门神系旧俗过新年之销用物，为镇中最著名之特产，往昔盛时，业此者三百余家，出名盛销于邻近各省，大有独占市场之势。"

朱仙镇木版年画风格独特，色彩古朴浓重，概括起来有五大特点。一是构图饱满。构图方法有其独特的地方艺术特色，整个画面饱满、紧凑、严密、对称，其画像鲜明不烦琐；二是线条粗犷。线条粗实、纯厚、豪放，有阴有阳，富有野味，具有北方民族独有的粗而不蠢、犷而不野的风度；三是形象夸张。人物造型不按常规，不求比例，以夸张的手法突出其特点；四是色彩艳丽。它的用色比较特殊，以其传统的艺术、传统的工具，用中药材做原料配制颜料，色彩鲜艳，久不褪色，适宜装裱；五是人物无媚态。画中人物多三教九流和小说中的英雄人物，表达的是高大的英雄形象，浩气盈画。

朱仙镇木版年画很多，从一些资料及国外出版的画册看，知名的就有大毛、二毛、中台、贰连、连头、中皂、中冥衣、中对门、中财神、大家堂、大龙牌、围桌、大京皂、二家堂、勒马、春秋、关财、贰天、大财神、大花瓶、三家堂、小天、小皂、小冥衣、大门对、捻手、连座、牛马王、场神、圈神、大魁、中魁、二魁、四魁、车旗、独坐等。除此之外，戏曲人物和戏曲故事也有占相当数量，有戏曲人物杨稣、赵匡胤、和合二仙和戏曲故事《长坂坡》《打洞房》《罗章跪楼》《苟家滩》《九龙山》《雷峰塔》《红鸾喜》等约二十种。

河南的地方戏曲非常发达，朱仙镇的木版年画深受戏曲的影响，同时画也影响了戏曲。鲁迅先生论及朱仙镇木版年画时说："旧的是先知道故事，后看画。有看头、有讲头，画中有戏，百看不腻。朱仙镇的木版年画大都有故事情节。"

朱仙镇木版年画在国外也有广泛的影响。现在俄罗斯的圣彼得堡博物馆、法国的巴黎博物馆、英国的大不列颠博物馆、美国的国会图书馆都存有朱仙镇的古旧的木版年画。一九三八年，日本平凡年画社印刷了《东洋版画》一书，书中有成套的朱仙镇木版年画，在售卖画册的同时，画商还在大阪等城市展销朱仙镇木版年画。前年，法国又出版了《朱仙镇木版年画》专集，引起了西方美术界的强烈反响，使得法国、比利时、德国、日本、缅甸等一些国家的专家、学者不远万里专程来到朱仙镇，但朱仙镇目前木版年画雕版、印制的现状却使他们不免心生失望。

5

下午，在陈艺先生的陪同下，我们参观了他主持的年画社和年画研究会。从其展室中对于朱仙镇木版年画印版及资料的收集、整理来看，年画社还是做了很多辛苦的工作的。在这之前，我曾专程到过校址在开封市的河南大学，采访专家们对朱仙镇木版年画的见解和研究心得，同时还参观了美术系作品及资料陈列保存室。这里陈列了一些朱仙镇木版年画印版，从内容看，其年代大多在二十世纪四十年代末和五十年代初，其中有与赵树理小说《小二黑结婚》那类农村“自由恋爱”题材的，还有解放战争时期送子参军上前线打仗和“保卫和平”，反映抗美援朝内容的。从其刻工和画面结构看，不太像朱仙镇民间的“土产”，倒像是有关方面为了宣传和“载道”而组织一些有技巧的“文化人”设计刻制的。

我们参观了年画社的年画印制间。这个印制间存放着年画社从民间搜集到的所有木版和近几年新雕刻的木版。在印制间工作，世传木版年画刻印工艺的郭大爷告诉我，现在的年画社的年画木版有一百四十多块，其中有明代的八块，清代的二十三块。但因虫蛀和朽烂，残缺不全的老版几乎已经不能印制新画了。老人趁陈艺先生带我的两个同行去别处参观的时候，还告诉我原来的朱仙镇木版年画因当地的水好，加之用特殊的中药材配做颜料，印出来的年画色彩鲜艳，久不褪色，还可以装裱。但现在的年画社却不是这样的，为了图省事，粗制滥造，竟改变传统工艺，使用水彩印年画。这样印出来的年画极易褪色不说，而且根本不能装裱，画一湿，颜色就会在纸上洇开。从老人对我讲话的神色，我感觉到了老人忠于艺术传统孤倔而又无可奈何的心情。

6

第二天，我在朱仙镇镇长童广松先生的帮助下，找到了四位过去曾在年画作坊中从事刻版和印制工作的老艺人（包括年画社的郭大爷），同他们坐在一起，向他们探讨朱仙镇木版年画的本源和今天衰落成如此的原因。

老人们说，朱仙镇木版年画是由山西传到该镇的，直到抗日战争前夕的二十世纪三十年代，朱仙镇开此业者亦多系山西人。随着朱仙镇的衰落，山西人逐渐迁走，此业被当地人所代替。当时经营此业者仍还有四五十家，以天义德、二合、天顺德、天成、豫盛荣、老店等字号最为著名。每年农历二月开始生产，一直到腊月，盛时最小的作坊也有百余工人，多者达三百余人。那时候，镇上有经营年画商号，供奉关帝的“门神商会”和刻印年画的作坊艺人祭祀鲁班的“门神匠会”。老人们说，在门神匠会和门神商会会馆中，他们都曾看到过“会册”。册上写作朱仙镇木版年画的起源、起会因由和要入会人遵守的会规。

我问老人们：现在还能找到这两本会册吗?”

老人们七嘴八舌地说，不知道，恐怕找不到了。

老人们还说，门神商会还规定有一个非常严格的经营方式。农历九月初九重阳节这天，是木版年画行会纪念日，也是一年一度出售年画之始。这一天，在朱仙镇关帝庙、岳飞庙举行门神会，唱戏三天，规定凡九月初九这天第一批到画坊采购的顾客，均以半价优待。

7

我站在镇北贾鲁河上的聚仙桥上（俗名大石桥，建于明代），任一阵阵寒冷的风吹拂我燥热的思绪。贾鲁河中一线若有若无的细流在灰蒙蒙的天空下无声无息地消失在目力不及的地方。我从老人们杂乱的谈话中知道了朱仙镇和朱仙镇木版年画衰落的原因。他们谈得更多的是自然的原因，但我从这些言谈中同样也看到了非自然的原因——落后的经济、专一的文化模式和动荡不安的政治运动。

从自然方面来说，朱仙镇的兴起主要是因为当时的水陆交通之便，而其衰落亦是因为贾鲁河淤塞，不通舟船，可谓成也萧何败也萧何是也。雍正元年、乾隆二十六年、道光二十三年，黄河多次泛滥，漫溢贾鲁河，淹没朱仙镇街市，淤塞河道，虽屡塞屡浚，但朱仙镇受害匪浅。及至光绪十三年黄河决于郑州石桥，漫中牟之西北而下，经朱仙镇西八里之新庄，下达白潭，镇中河流浅微，航行困难。光绪二十六年春，黄风时起，河被沙填，舟楫便完全不通了。这是朱仙镇衰落的第一阶段。周家口勃兴，代替了朱仙镇的地位。光绪三十年京汉铁路通车，一九一二年，津浦铁路通车，南北交通大转移。朱仙镇进入第二个衰落阶段，同时周家口也衰落了。其后，战争频仍，北洋军阀、日本入侵、国共战争，到了二十世纪四十年代末，朱仙镇已经相当残破，与同时代的其大三大历史名镇相比，已成霄壤之别。

但是，朱仙镇即使如此衰败，但其木版年画仍有着一定的印售规模，老字号的生意也还是具有固定的客户。后来，朱仙镇木版年画却急剧衰落了，几近绝迹，再也没有一家专业的印制作坊和专售年画的商号。

格 外

山岗上的月亮

“山岗上的月亮。”

这个冬天，他总是在心里这么一次又一次地念叨着，在脑海中回想那个高出群山的山岗，回想山岗上的月亮。

那个山岗是所有牧羊的孩子一生中总是盼望登临的地方——绝大多数的孩子一生都只能仰望它。它太遥远，去到那里的路太陡峭。去那里其实没有路。

他在回想，他是哪一年登临那个山岗的呢？

那一年，他十二岁，他看见了夏日夜空中的月亮。那个月亮就坐在那个高高的山岗上，而他在峡谷河流旁边，在难以分辨的白色石头和群羊的河滩上，群羊簇拥着他的梦境——夏天的夜仍然充满凉意。在梦中，他听见一只羊在低低地叫着，它的声音与在安睡的像是梦呓的羊鸣声有所不同。他从梦中醒来，看见了那只羊。那只羊站在一个大石上，仰望着那个高高的山岗。他坐起来，看见山岗上的月亮正在那只羊的犄角之间，一动不动。羊雪白的毛在夜风中摇动，身体的周边被月光勾画出银亮的绒边。这银亮的绒边就像是跳跃着的文弱的火焰。它的两只犄角也几乎被山岗上的月亮照得透明。

他低下头来，看见了在石头上被自己的梦境枕暖了的书，一本不是课本的书。他把这本讲述故事的书抓在手中，慢慢地，他的眼中充满了泪水，泪水中闪烁着温热的月光。泪水爬下他粗糙的脸颊，一闪，就像是一个小小的月亮无声无息地摔碎在了石头上。

这是他可以记起的第一次无缘无故的泪水。他想，他的第一次无缘无故流出的眼泪、莫可名状的伤悲和内心的泣声被山岗上的月亮看见听见了。他决定明天要爬到那个山岗上去，不管走多远的路，爬过多少危险的陡壁，他都要走到那个群山之中最高的山岗上去。

他听别的伙伴说起过那个神奇的山岗——站在那个山岗上，可以看见山那边辽阔的平原，可以看见所有低矮下去了的整个群山，看见月亮上的树，从树上飘扬而下的落叶，可以闻见月亮的味道。月亮的味道就是那个住在月亮上的仙女的味道。如果运气好的话，还可以看见轻易不露面的仙女在月亮上飞翔呢。

通向那个山岗只有一条猎人走过的根本不是路的路。在峰峦叠嶂的山中，它时隐时现，有时它在绝壁延伸，有时它又要越过高高的山峰。但他还是决定明天就去那个山岗，最后自己一定要坐在那个山岗上等待月亮出来。

事实上，他并没有在第二天迈开去山岗的步伐，没有人替他看护他家的羊群。随后的日子里，他坐在河滩的石头上，望着眼前逶迤起伏的大山，心中却空空如也。羊群在河边的青草地上吃草，不时抬起头来，咩咩咩地叫几声。黄色的牧羊犬蹲立在他的身边，望着他发呆的样子，不知所措，亦不知所言。他被自己要去那个山岗的念头折磨着，不得解脱。

许多天之后，她的羊群来到了这片河滩，他和她并肩坐在石头上，看护羊群，说话，或者他给她读手中讲述故事的书。牧羊犬在他和她的身旁跳跃，像个不安分的孩子。即使他和她说话的声音很低，但河两岸的大山仍然把他和她的声音返送回来——他和她都听见了自己的声音在无形中回荡。

现在他知道了，那个“无形”就是自己的内心。但他现在却不知道他能够在什么地方找到她了。

那天，他走的时候，他把已经卷了边的讲述故事的书递到了她的手上。

她说：“我不认识字。”

他说：“我回来就教你识字。”

牧羊犬要跟着他上路，总是尾随着他，他只好走回到她的身边，然后蹲下来，搂着牧羊犬的脖子，说：“你就和她待在一起，帮她看护我们的羊群。我们都走了，她会害怕的。和她在一起，你要听话。”

他站起身来，走了，牧羊犬向前小跑了几步，停了下来，晃动着竖起的尾巴，那样子像是说再见。

他的身影湮没在丛林之中。那一整天和那个夜晚，她和牧羊犬几乎一直都仰着头，遥望那个群山之上的山岗。他对她说过，他要去那个山岗，看山外的平原，看在脚下的群峰；他要和月亮一起坐在山岗上等待星星跳落到自己的肩上，然后，再把星星带回来，送给她。

她替他小心地看护着他的羊群和自己家的羊群。两家的羊群已经混在了一起，但她能够分清哪一只是自己家的，哪一只是他家的。她一心只等待他回来，她已经忘了他要送她星星的许诺。

天色渐渐地暗了下来，但他知道他离山岗已经不远了。他唯一担心的是，这刚刚刮来的山风会不会把他像一片树叶一样刮到绝壁之下。高山上的风吹乱了他的头发，一枚松针落在他瘦弱的肩头，一下就被刮跑了。群山中一阵阵夏日之夜的松涛像是在争先恐后地轰鸣。现在，他有时会打开音响，听一听从 Hi－Fi 中传出来的松涛，他就会对自己说，这不是松涛，这只是音响，真正的松涛会让沉重的音箱飞到天空，炸成碎片。

翻过最后一道山峰，他看见了那个群山之上的山岗，看见山岗的时候，月亮已经出来了。他一边抬头看头上的月亮，一边向山岗爬去。这时候，去山岗已经不艰难了。山岗上的月亮并没有他在河谷中看见的离山岗那么近；但确实，走在山岗上看见的月亮变大了，变清晰了。离山岗之顶越近，他越感到寒冷。他想，月亮上一定积着雪，所以离月亮越近就越冷。

不知什么时候风已经停了，山中的每一棵树都安静下来，月光下安静的群山就像是睡着了的大海，松涛之声不知聚积起来藏在了何处。

他停下他的脚步，月亮也停下它的脚步。月亮总是在他头上十里之处。十里，多近啊！十里，走不到山外；十里，甚至不能从河谷走到山岗上来。

他走到了山岗上。在山岗的最高处，他坐了下来。他看见了山下的河谷，河水在月光中流动，就像是一条白雾的带子。他想找到她，找到他和她的羊群，却没有找到。大山安静极了，偶尔有一枚松针落到山岗上，他都能听见它们摔落时低低的呻吟和最后的叹息。有虫子在山茅草中跳跃，它们鸣叫着四处寻找自己的伙伴，寻找心中那种无可名状的朦胧情感。这种情感驱使他一次次把目光投向山下的河谷。

不知不觉中，又累又饿的他睡着了。在睡梦中，他梦见自己睡在了月亮的身边，他用食指在月亮上写下她的名字之后，又香甜地睡了过去。

早晨，他在一声声鸟鸣声中醒来了。早晨的阳光透过他薄薄的眼帘，他看见自己的眼前是一片红色的汪洋。他打开眼帘，眼前红色的汪洋只一跳就不见了。他坐起来，急忙寻找自己头上的月亮，但他在自己的头上没有找到。月亮在他睡着了的时候，踮着脚尖无声无息地移到了西边的天际。他看见西边天空中的月亮小了，没有光泽，薄薄的，薄得像一张灰白色的纸。月亮离他远了，远在天边了。他想起了昨夜的情境，他不认为那是一场梦。他看看自己的右手食指，还把它放在鼻孔下闻了闻，他想证实自己是不是用它在月亮上写过她的名字。他好像真的闻到了月亮的味道，但他一愣神儿，一阵风刮来，就把这气味刮跑了。

他回到了山下的河谷中，他没有看见她，也没有看见她的羊群。他的父亲手拿羊鞭坐在离羊群不远的地方。牧羊犬在他父亲身边不安地时而抬头仰望山岗，时而奔窜。它看见了他，向他奔跑过来，在他身边使劲地摇着尾巴。

他的父亲站起了身，把手中的羊鞭和那本讲述故事的书递给他，说："她走了。她的父亲要她到河谷下游的草甸子中去放牧更多的羊。"

他向河谷的下游望去，河谷在转弯之后，消失在了大山之中。大山之上没有月亮，那个曾在山岗上尾随过他的月亮不知什么时候已经完全消失了。

现在，他读到了一个名叫西川的诗人写的一首名叫《月亮》的诗。这首诗的最后一段这样写道：

而尾随我们的月亮
从不将我们阻拦，它一再隐身
一任我们被黑暗所改变
但当我们死亡或死后不久，它会
不动声色地出现在我们身边

那个人回来了

肯定是夏天。他坐在门槛上，久久地一动不动。门是关着的，他小小的身体不得不紧紧地贴靠在门上，才能坐稳。这是他家很古老的堂屋门，双扇，朝南。斑驳的门上，他的身体看上去像是门上的一片水渍，或者像一幅从门上滑下来的陈旧的年画。

他的爷爷奶奶妈妈都不在家，可能是到田里做活路，或者赶场去了，整个院子除了门槛上他小小的身影，空无一人，这就显得这座小院安静而又清冷寂寞，哪怕是夏天，也使人感到一种幽幽的凉气在院中缭绕弥漫。院子的东西向也有房子，同样遵守着左青龙右白虎的原则，所以西边的房子高，东边的房子矮。东屋的窗前有一株梅花，而西屋窗前却是两株桂花。最为引人注目的是堂屋正对着的一口井，带着川西平原可以说是绝无仅有的石栅栏。石栅栏上精雕细刻着的花纹仍可以看清。这时候我们大约就可以晓得这座院子为什么给我们这种阴凉的感觉了。在这座院子中，我们看不见一样热烈的东西。周围的邻居说起过，这院子的风水阳过了头，所以在他家搬进来以前，原来富甲一方的户主在这块地上修房造屋时遵照了风水先生的意见，挖了井，栽了梅花、桂花，而不是像川西的许多人家那样，院子中栽香樟、栽皂角树。这种以阴抗阳，以求得阴阳平衡的愿望现在看来又好像矫枉过了正。

这时候，那个对他来说陌生的人出现了。这一点他还不知道。他面对的院墙隔断了他的视线。何况小小的他这时候正沉入一种他也不知道的情景中，即使有什么事物走进他的眼睛，他也视若无睹。一生下，他就一个人玩，作为男孩子他却安静甚至有些忧郁得像一个小女孩。

这个人正向这个村子走来。整个田野都是深黛的秧子，这些浓密的稻秧使人看不见秧子下平静的水面。最后一遍秧子已经薅过了，田野中除了一些与庄稼结下极深情谊的老庄稼汉恋恋不舍地在游荡外，还有一些割猪草、兔草的女孩子和腰挎鱼篓捉黄鳝的、一身泥巴的男娃娃。这些为数不多缓缓游动的人在广大的田野中，不免显得有些零零星星。这些村人看见了这个人，但却不知道他正走在回家的路上。其实这个人对于村里的不少人来说，并不陌生，但这些田野中的村民没有一个特别关注这个走在中午的阳光中的人，他们仍然一如既往地埋头于自己的事。只有田埂边的青蛙注意到了这个人的到来。当这个人穿着草鞋的大脚，在夏天的太阳照耀得很干燥的田埂上，把土尘踩得此起彼伏时，一些安闲或谈情说爱的青蛙就被惊吓得扑通扑通地跳进水中。现在坐在门槛上的他曾经非常细心地注意过这些被惊吓得跳逃而去的青蛙。这些青蛙惊惶的眼睛像是一颗颗流星在空中划过，这道美妙的弧线像是一道彩虹留在了他的心中。

这个人当然没有因这些青蛙奔逃而去的入水声而放慢脚步。这个人迈着有些大的步子，挺着微驼、宽阔的腰背稳捷地向着这个人熟悉的院落走去。这个人身上的短布汗衫已经发黄，衣背渗出了一些湿的汗迹，另外也还有一些白色的盐花。这个人花白的头发短而坚硬，即使匆匆地行走，头发也纹丝不动。这个人古铜色的脸和头发一样，专心赶路的严肃的表情也是没变化。有时，这个人跳过一个水渠，或者田埂间过水的水沟时，我们就听见这个人右肩上的帆布布袋中有一些铁器相碰撞的声音。

这个人就像一个他家很熟悉的亲戚，径直就走到了他家的院门前。这时，这个人倒显得有些迟疑，抬起的手竟在门前停留了一小会儿没有落在门上。

这扇曾漆着朱红色的院门，现在已被沧桑的岁月剥蚀得面目全非了。一代一代无数的虫子在这扇木门上繁衍生息留下的栖身之所宛如夜空中的繁星，难以计数。小小的他在这扇门上曾看见一个貌似数学家的蚂蚁做过点数虫穴的努力，结果这个蚂蚁除了把自己弄得晕头转向外，一无所获。

他并不知道这个人已经站在了他家的院门前，举着手在迟疑。我们从后来所知的情形中得知了这个人当时的心情。确实，毕竟七八年了，这个人在面对的情景中需要时间去寻找到那曾经的记忆。

这个人结满老茧的手掌不轻不重地拍在了门上，拍了三下。这个人看见门上黄色的虫粉从振动的门上纷纷扬扬地漫了出来，那味道竟有些呛鼻子和扑眼睛。

这个村里的人串门从不拍门或敲门，一般推门即入，或站在门外喊。但今天，即使院门那么奇怪地响了三下，坐在门槛上的他仍未意识到有什么和平常不同。他仍沉浸在自己的情景中没出来。门又响了两下，他才恍然大悟冥冥中有陌生人来到的意义。他从门槛上站起来，朝院门走去，几近中午的阳光对他一直混沌着的眼睛，竟有些明亮得刺眼。

他打开其实并没有别着的门，门沉滞的、吱呀的声音使他自己和这个人都同时有了一种不可预料的恐惧。这门枢摩擦的声音在这个接近中午的时刻，在这个安静的院中停留了相当长的时间。

他首先看到的是这个人高大壮实的身躯，然后才抬起头来看见了这个人的脸。他家向东的院门打开之后，原来站在阴影中的这个人一下就被阳光照耀了。他看见这个人的脸在阳光中微微笑了一下，花白的头发和额上的汗也就有些耀眼地一晃。这个人的身后是无边无际的稻田，几只斑鸠正咕咕地叫着从稻田中飞起来，在蓝天白云的空中悠悠向着远方飞去。

这个人躬下腰的时候，肩上沉甸甸的布袋仍然保持着垂直的状态，差点儿碰着了他的鼻子，这个人往后退了一步，说："小朋友，你家大人在家吗?"

他看了看这个人慈眉善目的脸，两只一直把门的手就垂了下来，摇摇头，说："不在家。他们都出去了，等一会儿就回来。你找谁呀?"

这个人迟疑了一下，说："找你家的大人……"

"到院子里坐吧。"他把门开得更大了些，并礼貌地让开了自己小小的身体。

"哦，不了，我在门外等就要得了。"这个人随即放下了肩上的布袋，靠在院门门框上的他听见布袋中的东西发出了哗啦的一声响，然后在地上安静下来，他很想知道布袋中是什么东西，但不好意思问。这个人坐在布袋上，掏出叶子烟来裹着，一副很有耐心的样子。

他家的院门前有一条不大的水渠，他的母亲用石板和鹅卵石修了一个平时洗衣、洗菜的小堰头。堰头旁边还有两垄竹子。夏天的水总是很大，水渠中的水哗哗地流着，水面上跳耀着闪闪烁烁的阳光，阳光从水面上反射出来，一团团光斑就在翠绿茂密的竹叶上晃动。这个人一口一口地吸吐着叶子烟，白色的烟缕在几道射来的阳光中不绝如缕地袅袅游走。这个人就是在这水面反射出的光斑和阳光中的烟缕中沉入了我们不知道的幻梦中，以至他给这个人端来一张小马扎和一碗水，喊这个人时，这个人竟一时没有反应，然后突然一惊，才明白过来。

这个中午第一个回到家来的是他的奶奶。他奶奶的眼睛已经花了，又生了不算太严重的白内障，当她迈着粽子样尖尖的小脚回来，远远地看见有一团灰白的东西在自家的院门前蹲着，好生疑惑，说是狗吧，哪有那么大的狗。而且自家那条去年被大队打狗队打跑了的狗，也不是灰白色的啊。也肯定不是自家的孙儿啦，他有那么高，可没那么大的个儿。奶奶就这么疑疑惑惑地往家走，一直走到这个人跟前，才发现是一个人坐在地上。

这个人站了起来，这个人说："妈，我回来了。"

奶奶没有说话，她缓缓地松开了双手，她右手中握着的，从外边捡回来的几根柴火也就飘飘然地落下来。他站在旁边，以上一幕看得清清楚楚，这时候，他被奶奶和这个人同时排除在他们思维的视线之外，不被注意。他不知道发生了什么，更不会知道从此他家又会发生什么。他睁大着眼睛，转动着视线，想要从奶奶和这个人两人的言辞和表情中找到答案。这时的他不知所措和不安得甚至有些恐惧。

这个人提起地上的布袋，布袋中又哗地响了一下。这个人一边摸着他的头，一边对他奶奶说："妈，我带回来凿子和錾子，可以在井栏上錾上新的花纹。"

乡村故事

巨形球状的柳树下是一间坍圮废弃的土屋，不胜重负的屋脊塌凹着，几株草和麦苗站在屋顶，在冬天中枯黄着矮小下去，一副弱不禁风的样子。柳树上仅稀疏地剩下可数的几片叶子在枝丫间坚守着自己最后的信念。一些鸟飞起，碰着这些褪尽色泽而枯黄的叶子，像是飞起的石头击中了残破的风筝。从柳树到屋顶，鸟们乘着那看不见的空中缆车来回穿梭。我注意到，另一些安静的鸟在树或屋顶上，有一句没一句地谈天说地。它们已经认识我，对于我的到来没有丝毫的惊奇，它们甚至已经厌烦了我落寞的样子。它们是快乐的，快乐者总是视不快乐者为扫兴之源。我总是一个人来到这里，来到土屋中凭吊我的影子，凭吊悲伤的爱和曾经创造了生命狂欢的肉欲；而现在，我只剩下了影子，以及回忆和凭吊。

闻得见屋顶厚积的柳叶腐败的气味，清香而又令人迷醉。有时，风把屋顶上的柳叶和鸟声刮到我的头上和地上，飘坠的声音在这冬天辽阔的田野中渺小得像是一声微弱的叹息。当这无可奈何的气息还没消散，自个儿心中慵懒寂冷的心情已无从找回。在空茫的云空下，土屋脱落的墙皮，树的叶子被荒芜和荒凉的景致撕成不可拼接的碎纸。

我站在碎成无法阅读的诗的词句中，空洞幽暗的门漫出古老的气息。这是时间留驻的阴影，午后明亮的太阳光在这气息的边沿烧灼得滋滋作响。远村和河流在弥漫的蜃气中浮腾摇晃，一个男孩子骑着一辆新车在乡村的土路上摇摇晃晃地行车，我记得他的名字，他时常来到我黑小的屋中翻阅我新写下的诗歌。那天，他对我说，他想像我一样，做一个乡村诗人。我却对他说，不，不……你看诗歌的毒药已经把我伤害成这个样子了。思想是可耻的，孤独是可耻的，抒情也是可耻的。他们看不见你头脑中的战争，他们总是看见你神经质的游手好闲。

男孩子的新车闪亮的轮毂在阳光中一闪，树上的叶子和我一样都睁开了迷茫的眼睛。不知道什么时候，我的手指已经陷进了墙壁之中，我摸到了它，一枚挤压在土墙中旱死的蚌，我摸到了它渴望流水的嘴唇，这锋利的嘴唇割破了我的手指，它正狂饮我腥甜的血。

一定是夏天的风。被阳光和汗水洗薄的白汗褂在柳枝上迎风招展。

她向我走来，我看不见她移动的脚步，她轻盈的身体在绿野之中就像是在飞翔。后来她告诉我，一片绿的竹叶上，蜻蜓停住飞翔的翅膀，顺流而下的影子中，细如鱼鳞的河纹此起彼伏。柳树阴凉而又聒噪的蝉声之中，土屋把阴影伸进树的根部。秧歌落下又响起，一遍又一遍，薅秧的钉耙上，一根稗草蔫死过去。夏天的风鼓满土屋的身体，幽暗的土屋之中，两个人的冷汗和含糊的嗓音放肆而又拘谨。墙上的镰刀穿着红锈的衣裳飞下来，血流如注的喊叫咬破了我苍白的嘴唇。

转眼又是冬天，转眼柳树梢上的月亮被风吹得支离破碎。空荡荡的田野，死一般寂然的原野，树上最后的叶子落下来，在田地中腾起干燥的尘土。这尘土漫进了我的眼睛，我的泪水流了出来。干草爬上了我的足踝，星罗棋布的粪堆把影子拖长到极限，滑到地平线的太阳鲜红如血，朔风中夜晚的啸叫正噘起嘴唇，有一声无一声地吹试那毫无技法可言的口哨。

雪花就要飞临柳树和土屋了。黑色臃肿的棉袄中是一根长而亮的头发，像一根噤声的琴弦卷曲着靠我的心脏睡去。冰正把河的两岸连起来。你是夏天走上这薄薄的冰的，这时冻僵的水花几乎举不起你的头发。在石头的桥柱上，你把身体紧紧地贴成一张哭喊不醒的浮雕。

我是在那只狗之后再见到你的。狗悲哀的叫声把一个村庄叫醒。我的双手被你身披的冰凌割得鲜血淋漓。你在水晶之中，你在我的背上，渐渐把笑容变成平静而又安详的表情。太阳沿着树梢一步一步地爬上来，晶莹的冰棺在我的背上闪烁着熠熠的光彩。你崭新的红绣鞋被狗叼到土屋的门前，柳树的叶子塞满了空洞冰凉的体内。雪花一朵朵飘来，树梢之间风的呼哨把树的皮肤叫得生疼。

我把我的身体悬到空中。一根粗大的绳子牢牢地抓住柳树的枝丫。我的脚下是那双一碰就朽破的绣花鞋子。我看见了那把身穿红锈的镰刀，在密如芦荻之花的雪团中，正艰难地向我移来。我头上的绳子在雪和风中不再晃动，这冬夜中的弦歌被雪和天空吞敛得一干二净。我怎么知道，这锈蚀的镰刀会不会割断这最后的歌唱。我只有一个梦想，盼望雪升起来，我悬空的身体能被平放在洁白的雪上。

白　藕

那是五十多年前的事了。一九四二年秋，在日寇冈村宁次、土桥司令官的指挥下，日军三十二、三十五两个师团及三万多伪军，出动坦克三十余辆、飞机十余架、汽车四百余辆，从濮阳、莘县、聊城、郓城、巨野、济宁四方出发，“铁壁合围”我鲁西抗日根据地。

他那时才二十一岁，住在县城，是个教书匠，每天步行六里来地到县城北边的小北村村小上课。这天，他因昨夜和朋友们多喝了几杯酒，早晨起来也还有些头晕。他腋下夹着课本，抄小路往小北村走，一路急匆匆的。

中秋已过了二十多天了，草上白露越来越重，一不小心，小路边草上的露珠就爬上他蓝布长衫的下摆。他有时跳过垄沟什么的，就要提起湿了的长衫，然后很矫健地一跃。

不知怎么就走到了小北村东边半里来地的荷塘边，他听见远处有零零星星的枪声，刚一站住，嗡的一声，好几架飞机就飞到了头上，直往下扔炸弹。还没等他回过神来，小北村就着起了大火，一时马嘶狗吠，整个村子都被浓烟笼罩了。

飞机还在头上盘旋，还在往地里、村里扔炸弹，不时有村子里的瓦片、炸碎的屋脊之类的落在他周围。他不敢进村，四周又都是秋收后的田野，光秃秃的，空旷得很。吓呆了的他只好躲进塘边的芦苇丛中。他胆子小，又是一个书呆子，虽然也知道国恨家仇，但终没有和同学一道从军抗日。

一颗炸弹在塘中心开了花，弹片飞起，一些芦苇秆、芦苇叶子和白色的芦花被弹片削断，飞到空中之后，又飘飘扬扬地落下来，掉进苇丛，像落雨一样，飒飒地响。那些塘中干枯的残荷被炸起，挂在芦苇上，像一面面破旗子。平时喜欢吟诗作对，很诗意的他早没有了诗兴，一句常挂在嘴边的“留得残荷听雨声”也不知扔到了什么地方。

这颗炸弹炸得离他太近，震得他的耳朵嗡嗡直响，什么也听不见。也不知过了多久，他抬头看天上的飞机飞远了，就站了起来。他看见，小北村东头站满了日伪军，有好几个乡亲和两个穿灰布军衣的八路军被绑吊在村头的大槐树上。南边大路上还有汽车、大炮和马队，田野中也有不少日伪军排成相隔几步远的横排，拉网一样从东北往西南方向走。他赶紧蹲下，一身像筛糠一样，怎么也止不住。

到了傍晚，鬼子还没撤，一天没吃喝的他又吓又饿又渴，只好在塘中找生藕吃。还好，挖也不用挖，被炸弹炸起的藕四处散落着。他猫着腰，就近寻找，找着一节，就用手捋去泥，再在蓝布衫上擦几下，放在嘴角里咔嚓咔嚓地吃了起来。这时六七点钟，天已暗下来了，苇丛中已渐近昏黑。

他看见有一截白藕落在密密的苇丛中挂着，就轻轻地拨开芦苇，弯腰过去。他不免有点儿高兴，这藕好粗大，也不带一点儿泥，有两节呢，差不多有小孩胳膊那么粗。他心中竟有了比喻。

他伸手取下，握到手中，却有些异样的感觉。这截藕也冰凉，却冷得与藕又有些不同，也没有藕那样硬，用手一捏，竟有些软。他放到眼跟前一看，差点儿没叫出声来。这是一节小孩的胳膊，因失血而显苍白和蜡黄。在小孩胳膊从吓呆了的他手中落下的同时，岳先生也像一摊泥一样瘫在了地上。小孩胳膊就在眼前，岳先生看见了那个“福”字，那个文刺在胳膊上青色的“福”字，丝丝缕缕的血从芦苇上一路滴下来，滴在苇秆、苇叶及那些散落的雪一样的芦花上，早已凝结了。

这是他的学生的胳膊，他认得。这小女孩刚十二岁，是小北村村南一吴姓人家的丫头。吴家有二十来亩地，有一头驴，在小北村还算富户，而且只有一个丫头，所以吴家就把孩子送到村小上学。她个头儿不高，打上学第一天起她就坐在头排。他上课，有时这小孩挽着袖子，他就看见她刺着“福”字的左胳膊，胖乎乎的。

昨天他还打了这小女孩的左手心（右手留着写字）。都开学一礼拜了，她的秋假作业还没写完。

他感到胃里翻江倒海的，好恶心，一低头，就呕吐起来，直到把刚吃下的藕，以及胃里的所有东西，包括胃液都吐了出来。

从此之后，他再也没有吃过藕。连藕粉也不吃。

海啸前，我在泰国的披披岛

飞机从北京飞抵泰国南部普吉岛（Phuket）的时候，已经是北京时间十二月十五日一点多。早晨醒来，阳光灿烂，天碧蓝如洗，白色的云朵在远天中一动不动，那样子白云的存在好像只是为了丰富天空的色彩，衬托天空的美丽。

天气是如此酷热，吃早餐的人们几乎脑门儿上都沁出细细的汗珠。这里的人似乎已经习惯了炎热，除了房间装有空调，酒店的大堂、餐厅都是开敞式的，只在房顶上悬着的一些吊扇，以一种不紧不慢的速度旋转着，给人一种聊胜于无的心理安慰。而当地人说，现在是普吉岛一年四季中最为凉爽的时候。而这样的酷热与北京的寒冬相比，完全是冰火两重天地。

每个度假旅行的人几乎都是一身短打：短袖、短裤，凉鞋或拖鞋。

吃过早餐，我们就乘船去披披岛（Phi Phi）了，披披岛离普吉岛有近五十公里的海上行程，航船在安达曼海上行驶了两个半小时后到达。泰国有七十多个府，普吉属于普吉府，而披披岛则属于甲米府。

躺在船头的甲板上，擦了防晒霜暴晒，戴着太阳镜，仍然可以感觉到光明的世界中阳光可以抵达所有的角落。

我看到，同船的北欧人置身于如此浓烈的阳光中，他们脸上发自内心的喜悦。

披披岛泊船的差隆码头很小，给人修建不善的感觉，比中国一个小渔村更不堪。一下船，在泊船的小海港中就看见成群的鱼在海里游走，就像是好奇的孩子对远方客人那种围观跟随，让所有初到该岛的人心中都不免充满惊喜。而岛上四处走动着的赤裸着上身的欧美人，则无言地证实着这里是世界上最好的十大海滩之一。

那会儿，我怎么会想得到，十多天之后这里会有一场海啸的大难。

岛上的猫

披披岛上有一条一千多米的市街，大家都叫它酒吧街。市街沿海而建，一家一家酒吧，一家一家酒店，潜水俱乐部，商店，小超市布满市街的两侧。我们走过市街，看见一只猫，又看见一只猫……它们好像就是这市街的一部分，它们在街上行走，或者懒睡在街旁，对我们这些外地人没有丝毫的兴趣。我们在饭店吃饭，猫们不时在我们脚下走过，它们的皮毛错擦过我这个皮毛过敏症者赤裸的小腿，我便倏然一惊。

猫是神秘的，在希区柯克等人的悬疑、恐怖片中，在无数的小说中，它们总是无声地走进画面，四肢轻柔，行动迅捷，黑夜中它们的眼睛闪烁着诡异的光，像是那我们无法解读的不可知的预言，它们好像是神秘世界的洞察者。

是的，与人类相处了几千年的猫仍保留了它独立的习性。也许在猫的眼中，人类是为它们提供食物和庇护所的朋友。因此猫与人的关系缺少了一些依赖和亲密，它总是特立独行，这一点与狗不同。也许正因为如此，在大多数人心目中，狗是忠诚友善的典范，而猫则似乎代表了狡猾与清高，其实它就是性格中带着点儿顽皮、带着点儿可爱、又带着稍许孤傲的猫。

闪亮的不锈钢匙中倒映着屋顶旋转的风扇的阴影，而猫在我的脚下走来走去。

天堂鸟

在披披岛，早晨我是在天堂鸟的鸟鸣声中自然睡醒，而不再像上班的时候每天用“morning call”准时强制自己起床。

天堂鸟，英文称之 Birds of Paradise，色彩斑斓，是世界上已经濒临绝种的鸟类。它生性害羞，人不易与之接近，有两只天堂鸟在我所住木屋窗外的树上跳跃鸣叫，我站在屋内偷看它们，但它们却从来不飞到只有屋顶、但三面却开敞的阳台上来。据查，天堂鸟共有四十二个品种，多数分布在巴布亚新几内亚及这次海啸受灾最为严重的印尼伊里安·齐亚省。

我入住这个名为 Bay View Resort（海湾风景酒店）之后，一直没有注意依山而建的木屋门旁种着一丛天堂鸟。或者说，我看见了这丛叶似芭蕉的植物，却没在意，并不知道它就是天堂鸟。

作为植物的天堂鸟原产于非洲南部好望角，当地人把这种野花看作“自由、吉祥、幸福”的象征。十八世纪英皇乔治二世所钟爱的皇后莎洛蒂因为最喜欢这种花草，认为它的花形酷似鸟冠和鸟嘴，而她所出生的故乡原名又叫天堂鸟村，她就给这花取名为“天堂鸟”。自此之后，这个以动物命名的非洲野花便名扬世界。而在我国，园艺专家觉得它的形状好像伸颈远眺的仙鹤，又起名为“鹤望兰”。其实，天堂鸟并不是兰科，而属旅人蕉科多年生草本植物。

我在昆明、成都、北京等城市的花店中，甚至我们公司前台的插花都见过这奇美的花，但它仅仅是一丛植物时，我却认不出它来。而这个早晨，天堂鸟把我叫醒，我走出屋，它却在门旁开得如此惊艳——花茎从叶腋中抽出，足有尺余，佛焰般的苞片，橙黄的花萼，浅蓝的花瓣，整个花形恍如回望的彩雀。

我在天堂鸟的鸣声中，站在这丛突然就盛开了的天堂鸟花前，怔住了。

上学的孩子

在早晨的阳光中躺在海滩的躺椅上一边晒太阳一边看书，抬头的时候，看见海滩上走来三个人：一个看上去三十来岁的男人，一个十来岁的男孩，一个六七岁的女孩。

男人肤色黑黝，穿着颜色已经黯淡的花短袖衬衫，着宽大的短裤，赤着脚。他的身上背着两个书包。可以看得出，他是两个孩子的父亲。

男孩和女孩都穿着白色的短袖衬衣，女孩是蓝色短裙，男孩是蓝色短裤。两个孩子都穿着白色的袜和黑色的皮鞋，身着整齐校服的两个孩子走在赤脚父亲的身旁，有一种截然的对比。

三个人没有说话，只是默默地走着。有时候小女孩拉下几步，便小跑一下，追上父亲和哥哥。

我从躺椅上站起来，沿着他们在海滩上留下的脚印散步，不一会儿就看见了披披岛唯一一座学校。大门左侧黑色的大理石上阴刻着金色的“Phi Phi Island School”英文字。一些儿童和一些少年陆陆续续朝学校走来，他们的校服并不一样，有蓝白色的，还有咖啡色和橄榄色的，有的还穿着红色和淡蓝色的马甲。

在酒吧街有一棵直径两三米的树，树上爬满了红色的三角梅，巨大的花冠令许多游人止步仰望和拍照留念。新的一天已经开始了，海港已经苏醒，酒吧街开始热闹起来。在树下，我看见一个妈妈推着自行车，一边哄着坐在后座上的一个正在哭泣的三四岁的小女孩，一边向学校走去。小女孩也穿着校服，校服外套了红色的马甲，她好像因为不愿去学校而哭泣。一个女人和女孩的母亲迎面走来，互相打了招呼，她拍了拍小女孩，挥手走了。眼泪流过小女孩的脸，在她涂了白粉的脸上留下亮闪闪的泪痕。

披披岛上几乎所有的女孩子都涂着厚厚的白色粉霜，我想，她们和她们的父母是用这粉霜来保护她们皮肤的白净，而不是像男人们一样被太阳晒得黝黑。

很显然，只有千余人的披披岛学校，是一所从幼儿园到中学都齐备的学校。要知道，从披披岛到最近的城市，也有四十多公里。

而这所学校，据我目测，距离海平面的垂直距离不超五米。

与鱼共舞

那个下午，我先是在莱昂纳多拍摄电影《海滩》的玛雅湾（Maya Bay）沙滩上晒太阳，晒热了就下海游泳，然后再晒，再下海……

四周是岩溶地貌，悬崖峭壁环绕着玛雅湾，玛雅湾像是一个平静的湖泊，像是一滴湛蓝的泪珠。这样的美仿佛有一丝淡淡的忧伤。

在《海滩》中，莱昂纳多饰演的背包客逃离尘世，最后终于找到这个如仙境般的岛屿定居下来。

一些看上去像是当地的青年在沙滩上踢足球，有一会儿我也加入其中。足球时常被飞踢到海中，海中游泳的人就热情地把球掷回沙滩。在这里，认识不认识的人都没有城市中的隔膜和距离。

在玛雅湾待了两个多小时之后，我又去附近的海湾浮潜。我手里拿着面包，五颜六色的鱼围着我，毫无顾忌地争食我手中的面包。海底晃动着美丽的珊瑚，鱼们不时滑过我的皮肤，我在鱼之中，和它们共舞，而游动飞窜的鱼像是从我的身体中发射出的焰火。

我想，除了花朵，世界上没有任何东西能够和这些热带海洋中五彩的鱼相媲美了。而这些鱼就在我身边，张着嘴，牙齿甚至咬到了我的手指。

穿着救生衣在披披岛的安达曼海上浮潜，我就像在失重状态下行走，身体轻盈——和五彩的鱼在一起，我忘记了城市中拥挤的人群。

我曾经在都市的夜晚写下这样的诗句：

或者是鱼，或者是水
鱼游动在透明的鱼缸
水流动在铁腥的水管

而现在，鱼和人在无边的大海中共舞，人发出的是充满惊喜的尖叫，而不是不眠中无奈的叹息。

海啸之后的披披岛

“孩子是这场灾难中最脆弱的生命，就在海啸来的前一天傍晚，披披岛上到处都是嬉戏喧闹的孩子，但当我们历经浩劫离开时，那里却听不到任何孩子的欢笑。”一位回到北京的游客这样说。

一位德国游客约斯说：“我双手抓住一名小女孩足有一分钟，直至她被海浪冲走，我望着她那绝望的目光，心想我能救她，但没有成功。我的心情久久不能平静，几夜都在为她哭泣。”

现在的安达曼海恢复了平静——像幽灵一般、难以想象的平静，披披岛上的街道也寂静无声。

差隆码头冷冷清清，只见赋闲的大小游船、快艇停泊在靠近码头的海面上随海水摇晃。

海水依旧湛蓝、清澈，悬崖峭壁依旧嶙峋、高耸，山上的风光依旧原始、淳朴，但披披岛恍如废墟，那条绵延数公里的狭长小街不见了，沿街夹峙的大小商铺也不见了；岛上游客光着膀子或穿着三点式悠闲溜达的海滨景致没有了，码头游船游客云集的繁忙也没有了。卡巴纳、城市等几家酒店成了孤零零地矗立在废墟上的残余建筑，挂在椰子树上未被巨浪卷走的一块网吧指示牌在风中摇晃。曾经为无数旅客遮阴的椰树及棕榈树被连根拔起，大小破烂的船艇被冲上岸，酒店房舍被巨浪卷入海中，只见屋顶在波涛中浮沉。

甚至有人悲哀地说：

“披披岛没有了。”

“披披岛已成为一座荒岛”。

“他们搂抱在一起，大地寂静无声”

那个背着书包带着儿子和女儿上学的一家三口平安吗?

那个哭泣的不愿去学校的女孩还好吗?

那些我在披披岛有缘相遇，那些在酒吧、饭店的服务生，商店、酒店的服务员，哪怕只是一次简单普通的服务，一个眼神，一次购物的询问，那些岛上的当地人……但愿你们度尽劫波之后，再建美丽的披披岛。

而同样是十二月二十六日，二〇〇三年，伊朗巴姆古城也发生强烈地震，死亡人数高达两万人。

这个世界就是这样神奇，这样的不可知。时常，我们都不得不对这神秘的自然世界充满敬畏。

这些天，我时常在梦中梦见披披岛，梦见那些在酒吧街悠然而行的猫。这让我想到了卜桦的 Flash《猫》。《猫》讲述道：猫妈妈和猫孩子相依为命，尽享天伦之乐，不料横祸突降，猫妈妈被歹徒暗算，原先懦弱的猫孩子为了挽回母亲的生命，毅然决然地冲入地狱，以命相拼，最终感动了上苍，母子重又团聚在一起。

二〇〇二年底，Flash《猫》打动了成千上万的网友，在闪客帝国爬行榜里的“经典存档”里，《猫》当时创下六十三万三千四百五十一的点击率和二千七百九十五的总评论，有网友评论它是“能让人流泪八次的作品”。

而在新近出版的卜桦的纸质图书《猫》中，卜桦写道：

“太阳从最远的地方照耀着两只流浪的猫。”

“啊！过来了！空气中有麦子和蒲公英的芳香，让我们在太阳的琴弦上跳舞吧……”

“日落了，明天太阳还会升起。”

“他们搂抱在一起，大地寂静无声。”

是的，愿披披岛上的人，“日落了，明天太阳还会升起。”“他们搂抱在一起，大地寂静无声。”

也许，我们所有人的祈祷都不能重现《猫》的结局：最终感动上苍，阴间的母亲和人间的孩子重又团聚，但我祝愿所有在该次海啸中失去生命的人在天堂中安息，听得见天堂鸟的鸣叫，身旁有天堂鸟美丽的花盛开！

亲爱的死鬼，苍蝇！

——兼怀萨特诞辰百年

凌晨两点余，被你吵醒，你在我耳旁嗡嗡地飞，甚至试图停留在我的脸上。睡意正酣的我挥挥手，本想把你赶走了事，你却像一个无所事事的小孩，非要缠在大人的身边磨皮擦痒。于是，我出离愤怒了。

我知道是你，一只在一周前应该是我回家时尾随在我的身后以“迅雷不及掩耳盗铃”之身手窜入我家的小小苍蝇。我家的窗户很好，包括阳台上的，所以你应该是从我家的房门，以正途的方式而登堂入室的。那会儿，我看见过你，你很瘦小，像是一只大个的蚊子而已。而现在，你在我家已经成为一只肥硕的苍蝇。我想，这一周你是很寂寞的，起初你一定趁我不在家的时候，在我家中飞来飞去，在你认为好奇的物什上停留漫步、探究和思考。而现在的你终于忍不住寂寞，要在我熟睡的深夜把我唤醒，逗扰我与你做一出危险的游戏。

这些日子，你不仅没有情爱的对象，也没有同类伙伴与之戏耍，而你又无法离开我的家，回到你的热闹的世界。在二十楼的我家对我而言，虽只是陋屋，而于你而言，因其好奇之擅撞却仿佛是进了月上的广寒宫，琼楼玉宇而不胜其清寒。

要知道，资料上说，苍蝇的性欲是极其强烈的，一天可以交合万次以上，而今你却在我家过着如此孤寡无欲的日子，岂不是苦煞你也。

怒不可遏的我醒来，坐在床上，从床头柜上拿了杂志，圈在手上，要寻了你拼命，你却没了踪影。我只好无奈中趁便如厕一次，然后倒头再睡。

六点余，北京的天已大亮，我再次被你吵醒。我想，这次咱俩一定要拼个你死我活，做一了断。否则，就像起了龃龉永无和解可能的情场冤家，所有的相持都是徒耗生命而已。如果说，我们过去的相处还有记忆可言，而从今之后，一切努力都是负数，会把过去的记忆抵消。

我抬头看去，墙上的时钟记录下了这一历史的时刻——2005 年 5 月 29 日，北京时间6:27，暴力的追杀就此开始。

没有金戈铁马，没有刀光剑影，我们就像两个武林高手在拿生命博弈。你飞升、俯冲、急转，我手中圈成圈的杂志进退、挥舞、闪动，内心的惊喜和沮丧转瞬即逝又连绵不断。

在我密不透风，而对你而言是疏可跑马的追杀中，你终于不慎飞进我家的卫生间中，我反身紧闭其门，大笑三声，哈——哈——哈——苍蝇，你的死期到了！

在小小的空间中，你再也不能闪展腾挪，即使是我出手的疾风也让你头晕目眩。你想尽快逃离这不利于你的陷阱，但却无路可逃，我看见你甚至慌不择路地不断地飞撞在宽大的镜子上，以为那是幽深而广大的自由世界，但是你错了！这样的诱惑使你的生命更快地接近尾声。

我看准时机，使出最后的撒手锏，杂志飞出，你终于没了影子。我在卫生间寻找你的尸身，我在内心里告诫自己，在未看见你毙命的尸体前，断不敢放松警惕，没准儿你会凤凰涅槃，死里逃生，那我将被这样的失败困扰终生，一失脚成千古恨——生命是一袭华美的袍，上面永远趴着一只苍蝇。

非常非常巧，你被击落在便池中，在水上仍扇动着羽，妄想再次起飞。说时迟那时快，我迅速摁下开关，在便池的漩流中，你向着那黑暗的生命的尽头顺流而下，在下水道的臭味中你就像躺在花丛之中，灵魂飞出了肉体。

我重躺回床上，充满了胜利者的喜悦。是的，已经不能再次入睡的我想到了那一百年前来到人世的萨特，想到了他的《苍蝇》。

《苍蝇》讲述了自由的相对与绝对。早年的萨特认为自由是绝对的，他一直在追求这种绝对的自由，可第二次世界大战时，他被迫参军又被迫当了俘虏，这一切使他体会到了自由的相对性，于是有了《苍蝇》。该剧根据希腊神话改编，讲述了俄瑞斯忒斯为报父仇而弑母的故事。俄瑞斯忒斯原本是一个可以称得上幸福的青年，他清楚自己的身世却离他很远。当一切开始向他靠近时，他的幸福面临着毁灭。他有自由选择的权利：离开阿尔戈斯，远离罪恶与肮脏，但这也就远离了他的存在即他的过去；融入这个城市的罪恶，那就意味着要为父报仇、杀死母亲。尽管这样会永远活在罪恶中，但他仍勇敢地做出了选择。选择了复仇，也就选择了自由。他无法面对阿尔戈斯城民们深重的悔恨，也无法面对姐姐厄勒克特拉的悲惨生活，因此，他选择了复仇。尽管他并没有实现愿望，阿尔戈斯城民们和他的姐姐没有摆脱苦难，反而大家都开始责怪他，但重要的是通过如此，他实现了心灵上的自由，这便是相对的自由。也就是说，人不可能生活在真空中，也就不可能进行绝对自由的选择。通常情况下，人们的选择受到社会、道德等各种外界因素的制约，有时是别无选择。

是偶然中的巧合吗？那只被我追杀冲入下水道的苍蝇让我想起萨特的《苍蝇》，这是不是如同生命和自由，总是充满了吊诡而又魔幻的意味。

日本的小林一茶是一个以一切生物为弟兄朋友的诗人，他歌咏苍蝇的诗有二十首之多。其一是：

“笠上的苍蝇，比我更早地飞进去了。”

而在《归庵》中则云：

“不要打哪，苍蝇搓他的手，搓他的脚呢。”

而我，却为了那浪费生命的睡眠，对你竟下此毒手，不觉有些歉然。最后，让我向你说一声：亲爱的死鬼，苍蝇！算是对从此“生活在别处”的你说一声“再见”。我知道，对于生命力强劲的你来说，这仅仅是一次“为了告别的聚会”。

写在碎纸片上

1

许多年前，北岛写了一首名为《生活》的诗，只有一个字："网"。轰动一时。

看今日电脑在我们生活中的角色以及我们在 Internet 的网上生活，大约可以说，北岛不仅是一位诗人，而且还是一位预言家呢。

2

你在幼童的时候，向往行走，你带动学步车在小小的家中四处横冲直撞，以为小小的家就是一个世界；你在儿童的时候，向往飞翔，被父母关在家里的你总是趴在窗前，望着天空中的鸟，盼望自己长出翅膀；少年时，你第一次到水族馆，看见了水中的鱼，便向往水中那悠闲的漫游，盼望自己的身上长出晶亮的鳞片来。

现在，你的双腿已经迈不过低低的门槛，你的双手颤抖得端不住一杯水，你的身体皱得像泄了气的皮囊，你只想安安静静地睡去，却又总是失眠。

你想安安静静地进入梦乡，却总是翻来覆去地睡不着；当你从梦中醒来，你却找不到要睡眠的理由。

一杯醇香的美酒就在你伸手可及的地方，你却在犹豫是不是要喝下它；当你想品赏这难得的玉液琼浆的时候，你发现它已经变质，成了怪味难咽的液体。

3

那个故事的开头是这样的。你一个人旅行，在山下的小店中买了一小包山中的蘑菇，店老板要把一些硬币找给你，这会儿小店又来了一位客人，一个漂亮的姑娘。

你把手心中的硬币掂了掂，又看了一眼漂亮的姑娘，对店老板说："这些硬币太重了，你最好还是找我纸币，待会儿上山，我还要帮这位姑娘背包呢。"

姑娘笑了。因此，那次山中的旅行你和这姑娘成了旅伴，后来两人还通过好多封信。

我不相信这个故事，我觉得现在的姑娘很少有性情中人，她们没有这么可人的幽默感，她们对男人总是戒备多于默契。

4

我很少看见这个老人，他已经瘫痪好多年，总是躺在屋中的床上。今天午后我看见了他，他的手中提着一个小马扎，在冬日温暖的阳光中，扶着墙壁慢慢地行走。

时间至少过去了一小时，我从街上回来的时候，他仍在扶着墙壁行走，额上冒出了细汗——一个小时，一个小时他仅仅移动了三四米的距离。

语言的记忆：四川土话

说到地方土话，让我想起一九九二年在郑州时与诗人痖弦先生的见面。

痖弦不仅是一个杰出的诗人，而且还是一位著名的编辑。痖弦当时是台湾最大的两大报系之一——联合报系的副总编辑，同时还兼任副刊主编和《联合文学》月刊杂志出版社社长。联合报系的八大报纸除在台湾发行外，还在美国、欧洲、中国香港、泰国建立了报纸出版系统，发行一百五十多万份，每天经痖弦先生主编的副刊就有八个版之多。在台湾，痖弦被新闻、出版界称为“副刊王”。

痖弦一九三二年出生于河南南阳，原名王庆麟，影剧系出身，练就了一口浑厚的男中音，曾任电台播音员十余年。在话剧《国父传》中，他出演孙中山先生一角，因其精湛的演技而获最佳男演员奖。一九六六年，他受美国国务院邀请到爱荷华大学国际创作中心攻研两年后，入威斯康辛大学深造，获硕士学位，出版有诗集《深渊》、《盐》（英文版）、《痖弦诗集》和诗论集《中国新诗研究》等，并编辑有多种书籍出版。

当我和诗人陆健在痖弦客居的寓所落座时，痖弦先生说，我们用河南话交谈吧。我和陆健相视一笑，不觉脸有些红。当时，我到河南工作已十一年余，河南话却仍是夹生不熟；陆健虽是河南人，但平时也只说普通话，遇到离家乡四十余年仍是一口纯正河南南阳口音的痖弦，我们的河南话反倒成了“洋泾浜”，所以有些不好意思。

我说，先生的河南话说得真是好。

痖弦先生说：“‘乡音未改鬓毛衰’啊。我回到南阳，他们也说我的家乡话说得好。四十多年了，一个地方的语言、方言也会有变化的，而我说的却还是四十多年前的河南话，一点儿没变，所以他们就认为我的河南话纯正，没有时代、时间、外来的影响。”

如此看来，一个地方的方言、土话如果不记录留存下来，就会改变，就会消失，后人可能就会不知所云。我离开四川已逾二十三年，在一些当年的流行话早已经不流行的同时，又诞生了许多的新词汇。如果把二十多年前克非的小说《春潮急》，还有周克芹的小说找来读，便会有恍如隔世的感觉，有那么多的语言习惯已经变了。那会儿，乡村的大喇叭每天都有一档“对人民公社社员广播”，用的就是四川话。现在，如果在四川卫视看见四川谐剧，我便会津津有味地目不转睛，耳不他闻。前几年回四川探望母亲，李伯清的评书正流行，听李的评书，那个乐啊。也许正因为自己离开了乡土，所以才对故乡语词的变化比生活在其中的人更敏感。

下面记录整理的四川土话，仅限于本人的记忆及收集，难免疏漏多多，甚至也可能有“误解”，意在“立档存照”。

大致按照四川土话本身的意思，分名词，形容词和副词，动词三类，其实有些很难分，所以我分得十分勉强。顺便说一句，这样的文字不是语源学意义的探寻，我更注重的是地方特有词汇那种浓郁的生活气息，喜欢活生生的方言语词在生活中的表现，所以注释是很重要的，例句也很重要。

1. 名词类

【跟斗儿酒】散装、度数高、便宜的酒；也有下酒菜简单的意思。由于它的酒性烈，喝了极容易上头，稍微多喝几杯，就会走起路来东倒西歪的，像要栽跟斗儿，故名。新顺口溜曰：看点歪录像，打点小麻将，吃点麻辣烫，喝点跟斗酒，晒点懒太阳。

【三花】三级花茶的简称。有一顺口溜："操妹儿，爱喝三花，不带娃娃，煮饭煮成煳锅巴。"说的是这个女人不理家事，总是在外面耍。

【鬼饮食】深更半夜在街头巷尾摆出供人解馋加餐的方便夜宵。

【姑姑筵】小孩子的游戏，在一起假扮吃饭。这个游戏常常是小孩子玩过家家时做。

【幺店子】农村的路边小店，卖日杂用品及茶水小吃，也供路人歇脚。

【爆咯蚤】一种植物，学名女贞，另外它还有一个俗称叫"火炮树"。之所以叫它"爆咯蚤"，是因为这种树的果实成熟干裂之后，其中的籽籽会像跳蚤一样跳出来，跳的时候会发出一种哔哔剥剥的声音，所以又叫它"火炮树"。

【二马驹】与动物无关，指短衣和长衣之间，不长不短的衣裳，多为风衣、大衣或罩衣。

【抱鸡婆】也有叫"抱鸡儿"的。手扶拖拉机。没有方向盘，有左右两个扶手。现在可能这种拖拉机已经消失了。在人民公社时代，抱鸡婆是农业现代化的标志，而大队上开抱鸡婆的人都属有权有势人家。

【粉子】年轻漂亮的女孩。有一本小说叫《成都粉子》。“粉起”，就是支持、帮腔的意思。

【散眼子】说话做事没准头的人。

【烂眼儿】社会上瞎混的人，江湖上也没地位。

【渣渣】这个好理解，小社会渣滓。

【晃壳儿】没脑子、瞎混的人。

【虾子】通常指称对方，意为绝对瞧不起的人。也有最小的意思。我记得本村的赵家一个女孩，在家中排行最小，大家包括她的家人都叫她“虾虾”。或者意为“懦夫”，“辉娃虾子，人家一打过来，他就躲了。”

【舵把子】原为袍哥中的头领。现泛指帮派中的首席人物。

【喉啵儿】气管炎，哮喘。在其前加姓氏，指称有该病的某人，如我们村就有一个姓黄的大爷，叫“黄喉啵儿”。他是我父亲的老庚，我叫他干爹。父亲去世时，就是干爹念的悼词。那些年，他一犯病，就吃一种叫氨茶碱的药。

【夜北飞儿】蝙蝠。

【猫毛神】容易与人着急上火的人。“先倌是个猫毛神，你要顺着他的毛毛抹。”

【铲铲】北方话“屁”的意思。“你晓得个铲铲!”意为你什么也不知道。“搞个铲铲!”意为什么也搞不成。

【弯脚杆】泛指乡下进城的民工。可能是因为民工长时间弯腰劳动故得此名。有戏谑歧视的意味。

【弯弯】意义同上一词，从上一词转化而来。

【台湾小姐】这个“台湾小姐”并非来自台湾来的小姐，而是指“坐台的弯脚杆小姐”。有戏谑歧视的意味。

【黄辣丁】成都街头的交通协管，因其统一着黄色工作装，故得此名。有戏谑歧视的意味。

【贾素芬】指言行不一致、喜欢吹牛说假话的年轻女性。最早好像出自李伯清的评书。

【理扯火】说话做事不靠谱儿，不可信任的人。

【洋马】前些年自行车的土叫法。

【光胴胴儿】光着上身的意思，如同北京的膀爷。

【倒拐子】曲起的肘关节。足球场上的严重犯规之“肘击”，就是用倒拐子击打对方队员。

【盐罐窝窝】锁骨形成的凹坑。人瘦，盐罐窝窝就特别明显。戏谑的说法是，盐罐窝窝可以当肥皂盒。

【螺丝拐】踝骨。一些足球运动员极易受伤的地方。

【穷骨头】不是指人没钱，是人身上的一个部位——胫骨。

【天堂】口腔中的上颧。比如吃比较糯软的元宵，元宵容易黏在天堂上。在四川，元宵被称为汤圆。

【篓篼】臀部。一般臀部宽大的人才被人称为篓篼吧。身体的这个部位，通常又被称为“沟子”“屁”。“青沟子娃娃”，意为没长大、不懂事的孩子。“屁儿上有屎”，意为其是有问题的人。

【砣子】拳头的意思。四川人常说：“重庆仔儿砣子硬，成都妹娃嘴巴狡（厉害）”。此外，“砣”还有河湾的意思，如我们那里有一个叫“泥巴砣”的地方，就是一河湾。

【锭子】同上，也是指拳头。

【边花儿】一只眼睛瞎了，也就是北方人说的“独眼龙”。

【毛根儿】辮子。例句见下词。

【披披妹儿】女孩额前的刘海儿。“李幺妹扎了两根毛根儿，留了披披妹儿，有点儿漂亮啊。”

【指拇儿】一家中的兄弟姊妹，前缀量词，表示序列。比如：大指拇儿，老大；二指拇儿，老二；幺指拇儿，老小。依此类推。

【圈帘门】意为罗圈腿。很形象，但对于身体有缺陷的人而言，如此戏谑有些不够厚道了。

【方脑壳】意思是脑袋不够用，思考事情一条直线不能转弯。形容其智商低的相同说法还有：脑壳头有乒乓；脑壳头有籽籽；脑壳被门夹了。

【宝器】本意是外表光鲜但腹中无物的人。现在用于没有自知之明，四处炫耀，谓之“现宝”。

【半瓜筋】就是上海人说的十三点，北方人说的二百五十的意思。常用“一瓶水不响，半瓶响叮当”来具体形容其品质。顺便说，对于263电子信箱，有人把它拆分为250+13点。

【颜色】指人，有一丘之貉的意思。如：“那儿副颜色又躲到屋头赌钱去了。”

【妥神】形容衣着不加收拾或其他外观形象不好的样子。“你龟儿子整得给个妥神样，还好意思天天在外头走！”

【脚脚】残余剩下的东西。“你这菜只剩些脚脚了，相因点儿卖给我算了。”

【闷礅儿】闷声不响，脑壳不开窍。“你个闷礅儿，好闷哦，这张牌你啷格不碰呢？”

【老挑】一家中女婿间的关系。

【老汉儿】父亲，有点儿不敬的意思。

【混糖锅盔】“锅盔”就是和烧饼差不多的东西。“混糖锅盔”

一般是指“糊弄、蒙混”。例如：“昨天那龟儿子给老子吃混糖锅盔，把老子烧惨了！”

【土狗子】蝼蛄的四川叫法。

【刮刮】转乡的理发匠。时常会在前面加上姓氏，指称该人。本村那个理发匠姓戴，大家就叫他戴刮刮。如果他还活着，应该有七十好几了。

【梭叶子】我在一篇小说中对于该词如此解释：“不知道为什么，我们那个地方把‘破鞋’叫‘梭叶子’。我妄自猜测，该名可能是这些人总是在树林或河边的芦苇中穿梭吧。”

【水打棒】河中溺死的浮尸。李幺妹说：“张婶婶，你娃娃都这么高了嗦，福气好啊！”张婶婶说：“浮起跑，水打棒！每天几张嘴要吃，都快弄不起走了。”

【电棒】家庭中最小的电器，手电筒。现在，警察带电的警棍也叫电棒，所以要在具体语境中才能分清两者。

【棒槌儿】什么都不会，一窍不通的意思。“李娃会修车？他会个铲铲，他是个棒槌。”

【犟遭瘟】头脑一根筋，性格倔强的人。“李娃是个犟遭瘟，他要做啥子，十根牛都拉不回来。”

【叉巴】指嘴不紧，喜传是非的女的。“李幺妹叉巴得很，一天到晚东家长李家短，你少跟她两个来往。”

【凼凼】念着“当当”，非常象形，意为低凹处。因为四川多雨，低凹处大多会有水。“你小心点儿，黑黢黢的，不要踩到凼凼头，把鞋子弄湿了。”

【板眼】本来是戏曲用语，节拍的意思。四川人用来形容人办法多，关系广，威风八面，八面玲珑。“这个事你还是去找罗伯伯，他板眼多，他可以给你理抹醒豁。”现在还有另一层意思，就是“搞头”，“可能性”，有利可图。“听说我们的地要用来修厂，不晓得有不得板眼。”

【白火石】假聪明。外表光鲜，嘴上功夫，不能干不会干实事的人。

【摸杆儿】小偷。指在街上拎人家包包，或偷摸人钱包的人；而入室或偷人家中财物的人则被称为“贼娃子”。

【灶鸡子】蟋蟀。

【玻丝】蜘蛛网。蜘蛛网像玻璃丝一样透明发亮，故名。“李幺妹屋头因为好长时间没得人住，到处都是玻丝。”

【刀头】过年过节的时候用来祭菩萨和祭先人的猪肉，大约两斤；过年走人户，有时候也会提块刀头肉。

【茅厕】厕所。许多人不知道，“厕”是多音字，此处（后缀）念着“尸”音。

【丁丁猫】蜻蜓。我觉得原因是象形，蜻蜓有两对翅膀，像两个“丁”字连在一起，成“干”。

【人户】亲戚。走人户，就是走亲戚；还有另一层意思，“王婶婶给李幺妹说了个人户”，意思却是给李幺妹介绍了个对象。

【喝咳（hāi）】哈欠。

【噗鼾】扯噗鼾，就是打鼾的意思。

2. 形容词和副词类

【走远了】糟糕，可能来自“与目的背道而驰”这层意思。输了球，球员说“走远了”；输了钱，赌博的人也说“走远了”。

【港】时髦的意思。大约是那些年，港风流行的时候，成都人“以港为美”风尚下的结果。

【埃斯库罗斯】古希腊的悲剧之父，成都人用此词形容倒霉，不如意，牌场上输钱，有点儿自嘲的味道。李娃输牌后掏出最后的钱说：“妈哟，今天又埃斯库罗斯了！”可见四川的人在词汇创新方面的层出不穷，“洋为中用”。其实好多人根本不知道埃斯库罗斯这个词的本义。

【巴适】好或美的意思。“这衣裳你穿着肯定巴适，不信你穿着照一哈镜子就晓得了。”

【瓜】傻。例句见后一条。

【醒豁】清楚明白的意思。“那娃瓜兮兮的，脑壳头有籽籽，这么简单的事情都弄不醒豁。”

【毛焦火辣】着急、内心失衡到抓耳挠舌、汗下的地步。“李娃一输钱就毛焦火辣的，嘴巴不干净，今后球大爷再跟他两个打牌。”

【落教】够意思的意思。“罗老幺那个人不落教，人家李娃老婆娃娃等着用钱，他硬是扣着人家的工钱不发。”

【洋盘】洋气、招摇的意思。“假洋盘”，指出风头没有出到点子上。

【撇脱】干脆、简单。“你说得撇脱！”就是你说得那么简单(意在不简单)。

【眼睛下乡】注意力不集中，走神。“嘿，嘿，说你呢，见着个女的你就眼睛下乡，你还走不走了？”

【妖娆儿】内形容女的花样多，外形容女的打扮得花枝招展的。“李幺妹一天一个主意，妖娆儿得很！”

【相因】价钱便宜的意思。俗语有：相因买老牛。就是说，花钱少，东西就孬。

【恼火】生活艰难，不顺，身体多病。乡村习惯在其前加上姓氏，如李恼火、周恼火，意为该人家生活极艰难。

【苕】穿戴、言行土气。计划经济时代，乡下粮食不够，只好吃红苕（四川人把红薯叫着红苕），红苕难消化，吃多了放屁。所以城里形容人土气，用“苕”一字。“红配绿，丑得哭，李幺妹穿得好苕哦!”

【伸抖】穿戴整洁，打扮得有精神。“二娃最近总是打扮得伸伸抖抖的，是不是在耍朋友（谈对象）哦?”

【伸展】舒坦，北方人说的“滋润”。四川人说：“要想伸展，脚底下点灯盏。”意为人死了就舒坦了。可见平时日子的拮据。

【牙间拾怪】形容女人很讨厌，爱说别人的长短。

【贼眉豁眼】形容一个人像小偷，类似的还有贼兮兮，意为猥琐、獐头鼠目的样子。

【垮杆儿】指人垂头丧气，一副衰样，一败涂地的样子。“垮杆儿和尚”，意为家破人亡，只剩孤家寡人。

【乌猫皂狗】脏兮兮的，脸上横一道竖一道的脏印子。“二娃在外头猴了一下午，回家的时候，一身乌猫皂狗的。”

【霉猫烂杂】脏霉，散烂。“我的书掉到床下，第二年找出来，已经霉猫烂杂的了。”

【抠眉挖眼】本意为没长开的样子，四川的人则用来形容人猥琐，做事做人很抠门、很吝啬。

【不进油盐】非烹饪用语，指某人个性犟，听不进别人的话。“李娃是四季豆儿，不进油盐，我懒得跟他两个说。”

【跳谵】形容小孩，指该小孩活泼好动；形容大人，则说该人喜出风头，爱惹是生非。

【张花柳实】不稳重，人来疯的意思，多用于大人训斥小孩。

【谵花儿】【谵翎子】意思基本一样，意为不稳重，喜出风头，按现在的话说，就是用言行故意吸引他人眼球。多用于指称女性。

【干精】干瘦。四川有个顺口溜："干精精，瘦壳壳，一天要吃八钵钵。"意思是说人干瘦，却能吃。"丝线喉咙儿，母猪肚皮"，则说人吃得多，吃得还慢。

3. 动词类

【打翻天印】背叛。一般权威高的人对权威低的说辞，或者第三者的评说。"李娃才跟师傅学了两年木匠，就打他师傅的翻天印，真是人心隔肚皮啊。"

【洗白】用于赌博。"那娃今天又遭洗白了。"意思就是那个人带的钱全输完了。北京话则说，"打立了"，打得钱包中没有了钱，只好站起来让位。

【弯酸】挖苦、刁难的意思。"你娃不要这么弯酸，你也有求人的时候。"

【鼓斗】强迫。"问一哈价钱你就想鼓斗我买，你不如去抢银行来得撇脱！"

【搞刨】急急忙忙、忙乱。"听说商店头卖减价货，她就搞刨了。"

【扯垛子】撒谎，找借口。"你每回上班迟到都有理由，你以为我不晓得你是在扯垛子啊？"

【角逆】起纠纷，吵架。主要用于小孩。"你就不能听点儿话，一天到晚和人角逆，弄得身上青一块紫一块的。”

【扯筋】吵架、和人对着干的意思！“王嬢嬢，你还不快去，你家三妹在街上跟人扯筋，吵得好昂（响）哦！”

【磨皮擦痒】找别扭。“你不要在那儿磨皮擦痒的，你妈回来就该收拾你了。”此外，还有百无聊赖的意思。

【冲壳子】吹牛，侃大山，胡说八道。“李娃天天得茶馆头冲壳子，一点儿也不晓得理事。”

【莽班子】丢面子，丢人现眼。“辉娃那娃只晓得冲壳子，这回遇到李老师，一问三不知，班子莽大了。”

【冒皮皮】非正面的不满。“你又得那儿冒啥子皮皮呢？你不想做这个活路，又不得那个鼓斗你！”

【筛边打网】不正经做某件事。就是两天打鱼三天晒网的意思。

【翻梢】翻本的意思。用于赌博，输了钱再赢回来。大多越陷越深。

【骚皮】找碴儿。“狗日的李娃，老子开店才五天，他来骚了三回皮了。”

【勾兑】原属酒厂调酒的专有词汇，现用来指“公关”，联络感情，说合某事。“李娃想承包机修厂的基建，他要我找王厂长勾兑勾兑。”

【提口袋】包工队头头，后泛指一件事的领头人。“李娃这两年在外头提口袋，挣了钱，连婆娘都换了。”

【理抹】本意为梳理和抹干净，意为收拾。“李娃迟早要遭理抹！”意为李娃迟早要被人收拾。

【打望】在街上偷偷摸摸看美女的行为。“李娃在街上打望粉子，被人家男朋友理抹了。”

【涮坛子】戏弄，空说。“你以为李娃会请你吃酒，他是涮你坛子。”

【豁】欺骗的意思。

【麻】也是欺骗的意思。有一个笑话，说女的是麻子，男的是豁嘴，两人相亲时，女的用粉把麻子填平；男的则戴了口罩。成亲后，两人终于发现了对方的缺陷，女的问男的：“你啷个要豁我呢?”男的却答：“你不麻我，我会豁你嗦?”两人彼此彼此。如果是喝酒，说喝得二麻二麻的，则是说喝得有点儿脑子不清了。

【烧】【烫】同上一词条，骗的意思。“辉娃买五十斤米，回家一称只有四十八斤，又被卖米的人烫了。”

【踏削】诋毁、贬低的意思。“李幺妹没得口德，哪个她都要踏削。”

【背时】也写作“悖时”。活该、倒霉的意思。另有“背时鬼”“背时倒灶”的说法。“李娃平时在街上横行霸道，这回严打被公安抓了，背时!”

【下课】下台的意思。四川的足球，让“下课”“雄起”走向了全国。

【扯拐】出问题。“我们家的电视用的年头长了，现在总是扯拐，一哈儿没得声音，一哈又没得图像。”

【不懂音乐】不懂对方的暗示、示意。“你不要给我挤眉弄眼，有话明说，我不懂音乐。”

【敲沙罐】两个意思，一个是说被枪毙，“这虾子杀人遭抓了，要敲沙罐。”另一个意思指人死了，可能是因为以前死了人出殡的时候要把此人的药罐拿出来一棍子敲烂的缘故。

【捡脚子】意思是“收拾残局”。“李娃闯了祸，只好他老汉儿出来捡脚子。”

【日白】意思是说假话、谎话，吹牛。起源是平民把曰读成日，曰白就成了日白。古语曰是说的意思，白也是说的意思（常用于戏剧人物道白）。

【扯火闪】火闪，闪电。形容故出惊人之语，但却是假话。“李娃扯火闪说汽油要降价，球大爷才信。”

【网】动词，本意是网鱼的网的意思。指人在社会上混，结识非正经人。

【扇盒盒儿】耍女朋友，但一般指没有媒人介绍，男子自个儿去找女朋友的行为。此话流行于“文革”年代。“辉娃扇盒盒儿起劲得很，这回在外头网了个对象，不晓得搞得成不。”与之相对应的就是——

【缠盖盖儿】女的找男的，也是自己避开父母，悄悄在外头“寻觅”。

【煞角】完结的意思。成都人有顺口溜：“懒人有懒福，勤快人没得煞角。”就是说勤快人劳累没完没了。

【打平伙】原为现在城市里流行的AA制，现在已扩大为多人共同承担受益某事，有点儿股份制的意思。“辉娃和先倌打平伙包鱼塘，两家人起劲得很。”

【尖嘴】搬弄是非，背后说人坏话。“参尖尖”可能就来源于该词。“你少得我面前尖人家先倌的嘴，他是哪样的人，我心头晓得。”

【耳视】理睬。用时大多前缀“不”，对象大多是不可理喻的人，让你轻视。或者故做样子的自述“不耳视”某人。“你耳视她做啥子嘛，哪个不晓得她是个叉巴！”

【咋唬】完全不是北方话的意思，意为强调、重复。“我咋唬了他好几回，出门小心摸杆儿，结果他还是把钱丢了。”

【抽底火】【下烂药】两词意思很近似，意为背后故意说人坏话，关键时刻落井下石。“他虾子，喊他给我把谎话编圆，他居然抽老子底火，转脸就给我婆娘说，我昨天和人一起打麻将输了钱。”有顺口溜则说：“我平时待你不薄，你关键时候却下我烂药。”

被足球潦倒地玩

我是一个了无趣味的人，过去，晚饭后老婆孩子拉着要我出门散步也常常被我谢绝。还好，我这一不近情理的恶劣行为近来终于有了改善。对我而言，最大的享受便是坐在整洁的屋子中，快乐地读一本好书。

玩的天性属于儿童，如能将此性情永葆不衰，大约需些道行，何况这年头，玩的是钱，我即使想玩又哪来如此经济基础。老婆常说我这人无趣，我想说我没有附庸风雅的兴趣，却没有说出口，因为我知道我自己如此说，有些恶俗。

难道我真的就没有喜欢过且乐此不疲的东西吗？这玩真就如此与我格格不入吗？好吧，真要我说，还真有这么一茬。只不过，我不是玩它，而是它玩我了。这个它，就是足球。所以，好多球迷和我一样，已经不知骂过多少回：狗日的足球。无独有偶，有一个写小说的女“60年代”也是一个球迷，还用这句话做了小说标题。

我的玩就这样被足球颠覆了，我唯一的爱好、唯一可以一玩的兴致被我们的足球弄得如此不堪，成了羞于启齿的被足球潦倒地玩。现在就让我来述说我烙着痛痕的玩的历史，这感觉可以说真是“痛并快乐着”。

一九六三年二月的最后一天，我出生于四川农村，父母都是农民，母亲是一个文盲，父亲也只读过两年初小。我在乡下读小学的时候，一些大众运动都略知一二，譬如在水泥敷抹的土台上你来我往的乒乓球，木板上钉了铁圈、用两根木柱支在土坝上的篮球以及土坝上立两根柱子，拉上一张网的排球（我家隔壁一个比我大不了几个月的女孩就是公社中学排球队的，一大早起来练球，把球扣在她家土墙上，砰砰地响，闹得四邻无法再睡），但就是不知道足球。我甚至不记得自己是什么时候第一次听到或读到“足球”这个词儿的，给我印象最深的一次（不一定是第一次）就是我在乡村小学读初中上体育课的时候，一伙知青闲来无事，跑到我们学校来耍，我们不小心把排球打到了他们身边，其中一个捡起排球，手抛之后踢了一个漂亮的反弹球（后来我才知道此为反弹球，守门员的基本功之一），把球踢得老远，踢到了土坝外的竹林里。我们的体育老师也是知青，但身材不高，田径和乒乓球不错，不敢和那伙知青叫板，只是叫他的两个学生跑去把球捡回来而已。那伙知青在那儿哄笑，在他们的嘴里说出了“足球”这个词儿。这是我记忆中第一次知道“足球”。后来，参加县里的公判大会，到了县一中的体育场，看到了有两个门的足球场。那所中学在一九四九年前叫铭章中学。王铭章阵亡于抗日战争的台儿庄战役，因为他带领川军在山东滕县殊死抵抗，战死于阵前，才赢得了李宗仁军队调动布防的时间，最终赢得了台儿庄大捷。

一九七八年，我初中毕业，考入了重庆一所工科中专。这年我十五岁，我的父亲把我送到成都火车站，却没有把我送进站内。我一个人背着被子，提着一个军绿色的帆布箱子（这箱子是我姐姐的嫁妆，我考上中专她便送给了我）站在广场上如蛇的队伍中，一个人踏上了去重庆的旅途，那样子更像是逃难的难民。我家离成都二十来公里，这之前我出门最远的一次就是到成都看雷锋展览。当然是老师带着，与同学一道。

在从成都到重庆的五百零四公里的慢行火车上，车开开停停，时间竟长达三十多个小时。在这三十多个小时中，我没有喝一口水、进一粒食，夜里也不能安睡，担心自己的行李被别人提跑了。

到了重庆、到了学校，我才真正见识了足球，开始了对足球的热恋。我们的班主任是一个工农兵大学生，原是重庆体工大队足球队的候补守门员，受伤之后被推荐上了学，毕业后到了我们学校，教机械制图。在他的带领下，过去喜欢足球或根本没有接触过足球的男生都热爱上了足球，中午踢，下午课外活动踢，甚至晚自习之后还要跑到球场上去踢。女生自然好多都成了我们忠实的“看台”。后来，重庆市中专搞足球联赛，我们的校队教练就是我们的班主任，球队也以我们班队为班底。那一次，我们球队在全市二十来所中专中踢了个第三名。那会儿，我在我们班踢右边前卫。

那会儿，足球给了我快乐，真正的快乐。我玩足球，足球在我的脚下旋转，我是足球的主宰。

一九七八年到一九八一年，上学三年我到杨家坪足球场看过球，到大田湾的外场看过重庆队对青海队的友谊赛，但没有看过一场在正规草坪上踢的比赛，可能那会儿重庆根本就没有草坪球场。那时候赛事太少，又没有钱，三年中我在重庆看的正规比赛也就三四场。记得有一次杨家坪足球场有比赛，人太多，把墙挤倒了，压伤了不少人。这一次，我没去，至今还很遗憾。那时候，买了球票，就没钱买车票了，有两回就是从两路口走回大坪的。或者就鼓着勇气挤上公共汽车混票。

那时候的电视已经开始放足球录像了，学校有很少几台电视，一般情况下没有重大“政事”不会开机，我记得周末在学校的电视中看过小泽征尔访华的指挥，看过播了一半便停了的《加里森敢死队》。在学校看不成球赛，我们就跑到校外去看，记得大坪街上一个街道办事处有一台黑白电视机，对外开放，一晚上收费五分，一遇球赛，我们就去，回来晚了进不了校门，就把学校门牌取下来，移到离门岗远的墙边，斜搭着当梯子翻进学校。

那会儿，正是容志行当红的年代，就连贝利来了，踢完球都主动和老容交换球衣。

我就这样迷上了足球，一转眼已经二十年了。有过欢乐，但更多的是生气，但我却没有掉头走开。我不想把我与足球的关系比喻成国人普遍的婚姻——凑合着过，但我盼望着有一天孩子比人家的好，老婆也比人家的好。

托尔斯泰说：幸福的婚姻都是相似的，而不幸的婚姻各有各的不幸。对于中国足球这个“黄脸婆”，我已经遍尝各种不幸，失望之后再失望，但我没有选择，是中国足协把这样的媳妇硬塞进我的怀里的。

真的，我不知道我的守望是否可以盼来幸福，不知道“黄脸婆”什么时候才能靓一回，至少给我唯一的爱好、唯一的可以称之为玩的“行为”一回可以回忆的美好感觉！

也许这仍是奢望。

成为球迷，爱上足球，也许就是中国足球给我及广大球迷玩的一出“行为艺术”。

蝴蝶物语

我工作生活的地方已经有许多，作为球迷的自己，也因此更像是寄居的“侨民”，总是没有自己的“主场”，自然也就成了电视机前的看客。在没有激情、浪漫和诗意的年代，滚动在绿茵场上的三色球几乎成为我们生活中唯一的悬念。

春天来了，夏天也来了，一个个足球场都开始绿了起来，中国的中超、中甲联赛、足协杯赛、中超杯也已进入了中盘。在看似烽火弥漫、短兵相接的狼烟中，我却常常走神，虽未能像庄周梦蝶那般沉入虚无之境，但我的目光却常常跟丢了我原本要关注的东西。我不知道，是我对足球的热情在回跌，还是现在的中国足球变成了平庸的鸡肋。

我看见了那只白色的蝴蝶，它毫不惊慌，好像一个好奇的小孩子，当大街上拥来打群架的大孩子时，他只是闪身一边，然后继续自己的观看，甚至尾随其后去追逐这热闹。足球飞临到它的身边，它从停息的草地上飞起，同时争抢球的双方球员聚集在一起拼争；而它很轻盈，就像一股白色的轻烟，在球员们激烈晃动的身体间缭绕。它甚至有些调皮，它试着把自己降落在某位球员的肩膀上，结果还是放弃了。它是不是意识到自己的行为太具冒险性？是不是意识到自己的行为将给对方带来侮辱？它很知趣，所以放弃了。但它并没有因此就选择离开，那一会儿，它紧紧地跟随着滚动的足球，跟随着拼抢的球员。或许，蝴蝶的生活也是平庸的，为此，它选择了观看，观看与自己毫无关系的热闹，就像我和我的国人一样，喜欢扎堆。这一点它与我并没有什么本质的区别，因为电视中激烈或者平淡的足球是不会改变我自己以及它的生活的。

最后，它还是选择了离开。我看见它飞远，飞到我看不见的屏幕之外。但我没有离开，我还是坐在电视机的前边，看这可看可不看的和平年代的“演习”（说“战争”那实在是抬举了中国的足球，说“演习”已经很勉强了），直到黑衣判官吹响大家今天就玩到这儿的哨音。我没有离开，但却在“坚守”中忘了“坚守”的目的，神思飞逸到令人做梦的一只白蝴蝶上；而那只留恋之中又终于离去的蝴蝶是不是以另一种形式和我一样，觉得了此种热闹的无趣，而另寻“新欢”了呢？

我可以肯定的是，赛时球场上的蝴蝶不是枪管中的战地黄花，它是什么我说不好。我担心的是，有一天赛时的球场上会飞来一群鸟儿，停在双方球门的横梁上。这样的玩笑可就开得太大了，但好像又无法可惩（不像管足球的官员对记者的报道），甚至无法与之沟通（除非把懂得鸟语的孔子之婿公冶长找来）——行行好，给我们的球员、教练和官员一点儿面子吧；或者威胁这些不懂人情世故的鸟儿们：你们不要命了吗？再这样我们可就要“门可罗雀”了！

其实，这是我杞人忧天，再怎么着，也不会有哪位球员以及所有吃足球饭的人为了任何一种足球现状化蝶而去的。我呢，只要中国的足球还在球场上滚，我也不会与之挥手再见，最多就像现在这样，在观看球赛时去关注一只蝴蝶，满眼是晃动的小人儿，脑子中却空空如也。

那晚，我做了一个梦，梦见一只蝴蝶停息在屋角一个沾满草汗的足球上，它说：我喜欢它上边青草的气息。

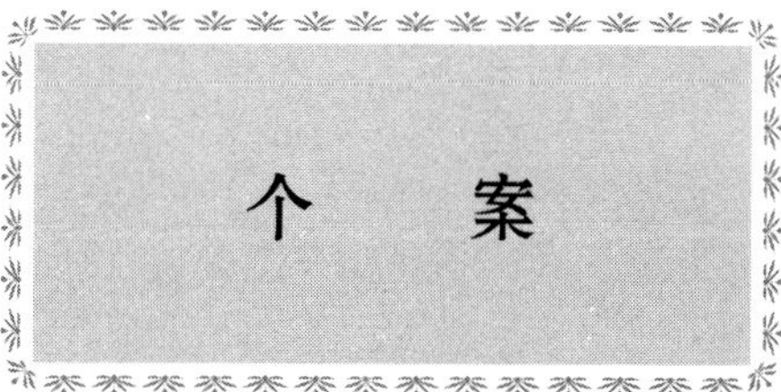
个　案

客子光阴诗卷里

“客子光阴诗卷里”这句诗是南宋初期著名诗人陈与义（别号简斋）的“名句”，它的后一句是“杏花消息雨声中”。我还读到过陈简斋写到杏花的另一首诗，其中的两句是：“杏花疏影里，吹笛到天明。”此外，还有陆放翁的“小楼一夜听春雨，深巷明朝卖杏花”。但我最喜欢的还是“客子光阴诗卷里，杏花消息雨声中”这两句。在我第一次读到这两句诗时，我的心为之一动，因为我从十五岁离开成都平原到重庆上学，十八岁到豫北工作，至今已经十八年，其身份自然是客子的身份，其内心也有着客子身在边缘而漂浮不定的情绪。最初，我爱上了诗，并夜以继日地写作，一九九〇年，又开始写作散文和小说。“杏花消息雨声中”，我感到这“消息”具有“所指”的自由想象的空间，其中是应该有诸多故事的，是一个小说的题材，适合做小说的标题。很快，我就以“杏花消息雨声中”为题写了一篇万余字的小说。次年（一九九四年），它刊登在了《天津文学》第二期上。紧接着，它又在美国发行量最大的华文报纸《世界日报》的“小说世界”版上，在母亲节期间，连续三天连载完。我还想写一篇“客子光阴诗卷里”里的小说，几次尝试都未有结果，只好作罢。但我想，我应该为这句诗写下我自语的感触。

德国早期浪漫派诗人诺瓦利斯（Novalis）曾有此言：哲学原就是怀着一种乡愁的冲动去寻找家园。一个外省人，一个生活在回望时光中的异乡人，一个沉浸在乡愁中的客子，诗是很容易成为其精神圣餐的。对于思乡之愁，诗是最好最合适的外衣，甚至在我看来，怀乡之痛本身就是诗，譬如蔡文姬，譬如李白，譬如李煜、李清照，譬如余光中，等等等等。

乡愁是潜伏在客子身体中的尺八之箫，圆圆的孔就是静夜中的伤痛，它总是迫使客子回过头去遥望，总是引诱客子跌入怀想和回忆的白日梦中，而诗就是那红色的薄薄的湿润的唇，用乡愁之箫吹出低回的忧郁的旋律。客子在这旋律里叹息一声之后，才能够慢慢地沉入梦乡。伴随这梦境的是主旋律以外的泛音，悠然低回，无始无终。诗把悲愁说出，化影子为有形，留在纸上，从而疏释了悲愁。这有些像人体中的病毒循环往复的生死，一个多愁善感的客子被这病毒折磨，而诗就是最后的高热这种形式（具体的温度），旧的病毒就在这高热中死去——一个思乡的人通过诗而消解思乡。

思乡不是一个方向，身在异地的客子不管面向何方，在那突然降临的梦魇中，被击中或被笼罩于其中的客子，此在的眼前的景象都会视而不见，故乡曾经的山、水、云，一句话，一段歌，亲爱和亲密的人脸上一瞬的表情，甚至一个地名或一个人名，都会使客子沉入冥想之中，眼睛发直——故乡就在客子的眼前。思乡也不是一条道路，这总是在偷袭中完成的情绪总是无路可循，所以客子就无法建筑起阻止的关隘。何况身不由己、束手就擒的客子在迫不及待时，思乡从不选择归途。

心灵在思乡中徘徊的诗人总是游离于主流之外，他的身体是轻盈的，有着忧郁的外表，脸上总是呈现出睡眠不足的那种苍白，眼睛中甚至有着一种冷的怯意，像一片四周模糊的影子在不为人注意的地方飘移。他甚至喜欢梦游式地在深夜中的大街上行走，等待一次奇遇的慰藉。他生活在现世（这是他悲伤的根源），但却仿佛行走在另一个时空中（他总是这样逃避）。你不知道他要去哪里，他在何处栖身——他行走在自己的光阴中，行走在自言自语的诗卷中，事实上，他无声无息的行走本身就是一首在喧闹的城市中无法发表的诗。“怀乡的大钟不敲自鸣/怀乡的男人忧郁成性/最奇怪的事，莫过于就在家乡/油然而生一种思乡之绪/仿佛我们已流浪多年/忽然想起一条熟稔的月光小径”（西川《七个夜晚——献给赫伯特·斯特恩》）。

唉，所有的事情都忘掉了，只有几册梦想的诗歌记录下了那逝去的日子。

感谢故乡

我的故乡在四川美丽富饶的川西平原新都县，我出生的那个小小的村子叫“福元村”。那是一片有着惊人美丽的平原。小时候的我，为了去别的公社、别的大队看一场露天电影，常常在月夜的故园中穿行。月光之下泛着鱼鳞般的河上银光闪烁，常有夜里失眠的鱼突然间拍水而起；而一间间在竹林和树林掩映中的村居，则在月光中偶尔露出几间麦草或者青瓦的屋顶，在静静的、如雪般深幽的夜色中像童话中的宫殿一样予人一种神秘的向往。或者说，在故乡翠绿如碧玉的原野上，这些绿林中的村居更像是海中的礁石。在夜晚，一家一户的窗户透出昏黄的灯光，远远地看去，就像是礁石中点着飘摇的灯盏；天空中的星子明亮硕大，在恍惚中，让人疑心是故园这棵大树上结着的果实。

这些美丽的风景和贫困、饥馑一起伴随了我的童年、少年时代十五年的时光。十五岁那年，我考上了远在千里之外的山城重庆的一所中等专业学校，十八岁毕业后，又被分配到河南工作。在黄河岸边的异乡，回望故土，故乡的人和事，还有那些想象中的影子，使我手中的笔，使我面对电脑蓝色的显示屏时有了寻找、回溯和沉醉的情思。

所以我说：感谢故乡！

我之所以走上了业余文学创作的道路，除了故乡的自然风物对我有着美学原初意义的熏陶外，故乡人文历史的传染也是一个重要因素。新都是明代状元、大学士、文学家杨慎的家乡，《明史》上说："记诵之博，著作之富，推慎为第一。"杨慎一生著作达一百余种，堪称古人中著书立说之最。现在他小时读书的桂湖之园仍保存完好，被辟为公园，供游人游赏。八月桂花盛开时，全城飘香。我家所在的乡就叫"桂湖乡"。小时候，在夏天的树下乘凉，我听父老乡亲讲过许多关于杨慎机智过人的传奇故事。

大约是在我十岁或者更晚，我姐姐不知从谁人手里借了几本小说回家，每晚在煤油灯下看得很晚才上床睡觉。我百般讨好她，她才把她看过的书让我读几天。这几本小说中，有两本是《南行记》和《丰饶的原野》。也就是从那时开始，我知道了艾芜，也知道了艾芜先生就是从新都走出去的、全国著名的小说家。

故乡的历史和人文对于生活于其中的人来说，无疑有一种亲切的感觉，这些无形却又无处不在的东西悄悄地塑造着我少年的心灵——他们曾经就在我现在生活的土地上生活过。他们却用他们手中的笔，用奇妙的文字给了我根本无法想象的广阔而神奇的世界。而我也有一双手，也有一支笔（虽然漏着墨水）——也许这种最初的打动、最初的诱惑使我有了像丑小鸭向往天鹅的飞翔、向往天鹅飞翔的天空一样，开始做起了自己的文学梦。

我没有更多的创作时间，工作一天之后，总是觉得很累，我只有睡过一夜之后，才能把自己脑子里那些乱七八糟的事情清理掉。所以，我的创作基本上都是在早晨进行的。在静静的早晨，天空中的残星固执地钉在自己的位置上，我坐在我书屋中的电脑前，面对蓝色的显示屏，就像面对许多年前故乡的天空一样，故乡的人和事就慢慢地在我眼前显现出来。逼着我写下他们，和他们说话，用语言的形式和数千里之外的故乡的维系和交流，平静了我浮躁的心绪，也使我从中得到了故乡亲情的安慰。

在我写下的小说中，故事的发生和衍化之地大都在川西平原。在这些小说中，总是有一条两岸长满芦苇的叫“浣河”的大河和一座叫“红桔园”的村庄（我甚至把我正在写作的一部长篇也命名为《红桔园》），我笔下的人物就在这几乎不变的场景中了结他们的爱恨情愁。《人寺间》《遗迹》《白色马》《十二岁那年夏天》《最后消失了的笛子》等许多篇什都属这类“怀乡”之作。我把我的这类小说命名为“浣河故事”（系列），我不知道什么时候我才会把我的目光从“浣河”和“红桔园”上移开。我身在异乡，它的朦胧情致给了巨大的想象空间，这符合文学审美的需要，所以我无法抗拒那片像邮票一样小的地方对我的诱惑。

但我知道，文学之梦不是空中的花园。

文学之梦的花园是建构在真实的人生、生命的苦旅、深邃的思想、美之顿悟这样坚实的土地上的。我必须经受时间的拷问，经受孤独和寂寞的悬置，来审视自己和自己面对的世界，审视我笔下的人物。

作家不是什么傲人的桂冠。世上所有的桂冠都是小丑的帽子，让上帝发笑。

在少年和青年这样人生的灿烂早晨，如果没有文学的阳光照耀，将是一件遗憾的事情。文学的阳光是真善美的阳光。

但仅有文学的阳光是不够的，我们面对的是丰富的世界，每一条道路上都会有艰难险阻，也都会有盛开的鲜花。

不要等待赞美和掌声，无声而又不倦地向着峰顶攀登，一路上才会有不同的风景。

（附注：此文为作者应《名作家与青少年谈写作》一书的编委会之邀所写。此书已由湖南出版社分上下两册出版。）

回溯和寻找

无须一一捡拾自己这几年写作的小说，自己心里都一清二楚，那个川西“浣河”边叫“红桔园”的村子是我笔下大多数人物、故事活动的空间。事实上，这种状况已经引起了我的警觉：自己的“怀乡病”是不是有些矫性？或者说这样狭小的时空对自己的小说是不是已经构成限制？这种怀乡的回溯还将继续多久？

但就我这个人的历史而言，我更像一个“边缘人”，一个没根的人，我十五岁就离开老家川西，至今已经十九年。在这近二十年的时间中，我一直都生活在中原黄河岸边一个从田野上建设起来偏僻的新城中。也许就是这样的生活使得自己沉湎于文字之中，拼命去制造一个仅存在于自己的梦乡之中的虚幻世界；反过来，这个自己制造的世界又控制了自己的行旅，自己已经懒于寻找新的出口。自己有时甚至有一种恐惧，害怕自己的那十五年在梦醒之后消失得无影无踪，自己被悬置在找不到自我的时空中。在梳理自己的时候，我就为自己写作题材狭小寻找这样的理由——现在的我是在为自己的十五年留下一个不会突然消失的记忆。

即使这样，我仍然在努力地寻找新的写作时空。好在寻找已经开始了。我已经感到以“散点透视”的目光打量这个世界对于写作者而言有着不能舍弃的快乐。

这只是自己为什么写作和如此写作的理由，现在，我要回答自我的是：自己怎么样才能写出自己认为的好小说？或者说，自己心目中的好小说有什么必备的要素？

我首先想到了“原创性”这三个字。在我看来，原创性饱含着：有意味的表达技术及策略、一个他人未曾展示的思想内核。

而最好的小说则是：原创性 + 好看的形而下的故事。

对于后一点，大约会有不少人诟病。确实这样，先锋小说和后现代小说从来就不把小说的故事当一回事。他们甚至不把小说当一回事——反小说的话语方式给了我们从未有过的对于小说的全新感受。它体现了原创性原则。但从接受者的角度而言，这样的小说却不是完美的。即使是“零度写作”，有意味的叙述（事件选择）也必不可少。原生态的生活流记录的意义让人可疑。

最后，我想说的是，我对无数的小说和小说写作者都怀有敬意。它们及他们成为自己继续行走的风景参照，从而引领着我向着未知的未来迈进。

写作的动力

1

距发表小说处女作的日子，一晃已经十二年了。十二年，一个轮回啊……而我作为一个上班族，则已经有了二十余年的工作经历。

在这十二年中，我的工作和生活都发生了巨大的变化，从豫北的石油小城来到北京，从报社的编辑记者这样一种职业转行到高度市场化的企业中工作；而唯一不变的就是在严谨甚至刻板的上班时间之外，在夜深人静的时候，在难得的周末闲暇中，在电脑上默默地写字。这可能从一开始就注定了我的写作状态——“业余的写作”，包括写作的心态，包括表达的趣味，更包括对于写作的元素和镜像的选择。

“业余”让我成为旁观者，让我在“宏大叙事”面前望而却步，让我把“妄想”降落到写作时享受愉悦的地面。

但我知道，也在坚持，“业余”不是不承担，“业余”不是不以专业的目标自省自己的写作。从某种程度而言，写作成了我自我检测创造力、想象力和生命力的衡器。如果我不再写作，那一定是因为我已经“无能”，心理年龄已经老朽得对于现世的声色充耳不闻，视若无睹。

2

英国经济学家凯恩斯说，企业家的“动物本能”是一种对投资的冲动。那么，一个对于文字有着日久弥深偏爱和敏感的写作者，其“动物本能”可能就是一种对于语言表达的冲动。

而写作小说，“叙述的冒险”和“文字的游戏”对于某些人而言有一种难以舍弃的快乐。其实，正是从中所获得的愉悦成为他们持久写作的动力。

是的，如果一个写作者还具有让他自己兴奋起来的创造力、想象力，那他一定会寻找得到对于自己而言最优化的路径，在尽可能短的时间内建立自己的叙述模型（模型很重要，但可能因为叙述技巧的积累，直觉和模型一同并生），穿越叙述的迷踪后，抵达光明的出口。

但狂欢是短暂的，更大的更具挑战意味的叙述接踵而至——这让无数的写作者感到自己宿命的悲剧意味。

与资本家的投资冲动大不同的是，体现写作者创造力和想象力的“写作冲动”，寻求的不是利润的及时回报，他们更沉迷于自己对于“游戏规则”的建立。这一点符合了经济学中“投资人决定游戏规则”的原理。也许在生活中颓靡不振的人，在写作时会两眼放光，写作者在写作中成了笔下时空中的主宰。在自己设立的叙述时空中，精神迷茫者寻求的是一次洗礼；陷于生命困境者寻求的是解脱；内心虚弱者寻求的是超越的印证。

至少对于我而言，“写作冲动”的原动力大致就在这三种情形之中——可以把培根的“知识就是力量”置换为“写作就是力量”。

3

但是，问题可能就会出现在日久弥深地沉溺于文字之中的写作者身上，譬如自己。这就像哈耶克针对经济学家和一些理性选择的社会学家，总是试图描绘并且给出决定论的行为模型——经济行为和政治行为的模型及其预测，这样一种“致命的自负”。

在写作之中，我们在叙述推进中做出的是反应性选择（reactive choice），还是创造性选择（creative choice）？与朋友在讨论这个问题时，他戏言道：“这就是一个写作者‘保先’的自觉性审查。”

肖克尔和布坎南在论述“创造性选择”时说，“创造性选择”的真义在于：进入到未知的世界而创造了已知的世界。这和“人人心中有而笔下无”的写作境界有着某种相似性。

肖克尔的“可能性边界”（the bounds of the possible）虽然是一个经济学概念，但在文学领域仍然具有良好的指导性意义。我们不知道，写作的可能性边界在哪里，它是未知的，只有进入这种未知之中，才会创造已知，审美叙事才会产生，文学才会发生。而反应性选择带来的可能是自我的重复，甚至对于他人的重复，是“风向”（名的，市场利益的）的本能性顺应。

在文学的意义上，写作就是创造。写作者只有进入到从未体验到的写作经验中，一个由叙事指引的从未体验过的世界中，你的写作才会对“可能性的边界”有所扩展。

写作进入未知之中，其实就是进入“不确定域”。而这样的未知，不仅对于写作者是未知，对于阅读者和批评者也是未知，它甚至与已有的审美习惯产生冲突，这当然会产生不利于写作者的可见性成本，同时，写作者还必得付出不可见的“心理代价”。然而，博弈论告诉我们，顺应虽然是安全的，但带来的回报却可能是最低的，批量复制一定会摊薄其回报。所以，在企业界，创新永不停息，冒险家开疆拓土。对于写作界，道理亦然，永远会有进入未知域探路的人，他们深信珍宝藏在处女地中。他们寻求的回报就是体验历险，在历险中求得最大化的快乐。

最重要的是，在现世的庸常生活中，他们可以躲进文字中做梦，哪怕它是一个噩梦。

写作的快感

——《以梦为马》后记

《以梦为马》这么短的一部小说，我竟然写了一年。在一年之中，我几乎不能写别的东西，一直对缓慢行进着的人物和故事保持着兴奋。这对我来说，实在难得。我是一个急性子的人，一颗钉子三两下砸不进墙里，就会扔了榔头。记得《以梦为马》写了快一半的时候，电脑出故障，写好的东西丢了三四万字。在确认不能找回文件之后，我坐在电脑前傻了一个多小时，结果第二天就又“化悲痛为力量”，开始重写，并没有受到那种不能“恢复”的打击；而过去，有好几篇小说写到半道遭遇如此“变故”，我的写作情绪都一蹶不振，最后不了了之。

现在想来，这大约与《以梦为马》内容和形式本身有关。在这部小说中，电脑成了跨越时空的媒介，电脑是魔术师手中的魔盒，是孙悟空手中的金箍棒，是故事开始的地方，也是故事转折的支撑点——通过电脑，小说从数字化的存在转化为现实人生，或者从现实人生转化为数字化的存在。这给我一种电脑游戏的感觉，一种探寻故事走向的多种可能性和闯关式的历险。既是游戏，自然就会有失败的时候，也有死机的时候，无形中写作的缓慢和丢失文件这样的“灾害”虚拟了，所以自己的失败感也就被弱化了。

我是一个在写作上情绪化比较严重的人，换一句话说就是有着很大的写作局限。我个人认为，一个写作者的写作基本上建立在他内心关注、向往、熟悉的事物上。因为他的关注、向往和熟悉，他的写作才会变得轻松愉快，也才可能获得写作的快感。反言之，任何写作者都会为某种“命题作文”（为钱、名、权，也可能是某种不得不完成的任务）的写作而痛苦，并远离。我何尝没有这样的愿望——可以写作任何题材的作品，但常识告诉我大约只有妄想狂才会痴迷于此。写作《以梦为马》，我获得了前所未有的写作快感；我希望，读者在阅读《以梦为马》的时候，也会享受到阅读的快感。至少，只有作者有了写作的快感，读者才会有可能有阅读的快感；而没有快感的写作，带给读者的阅读一定也是枯燥和滞塞的。

写完《以梦为马》之后，我试图保持那样的写作状态和情绪，但却有一种不得要领的感觉。我明白，一个人的写作不是一成不变的。一个写作者的关注、向往和熟悉是随着时代的变迁和他个人的阅历而流变着的。对于我而言，我大约属于那种把握宏观大局能力低下的人，是在生活面前退后一步那种“进取心”较弱的散淡的人。这些都决定了我这些年的写作取向，对宏大叙事望而却步，只是回望和虚构，在事后的经验积累中重构往日的景象。

我想，难道这些都不能修正和更替吗?

我想是可以的，我也必须在顺流漂行中融入新的风景，另一部《飞走的爱情》的小说就是我身在北京外观和内视的映象。

爱情的理想主义者

——《飞走的爱情》自序

卢梭说："人是生而自由的，但却无往不在枷锁之中。"

爱情如是——你以为由自由主宰的爱情，却有着种种的制约，有着甚至不可逾越的障碍。

在悲观主义者眼中，生活在阶级和文化多元的社会中，爱情就像是戴着镣铐的舞蹈，最后的结果可能是爱情消逝了，留下的却是身体和心灵的累累伤痕。

爱情中的人总是相信自己的内心，以为自己可以感动所爱的人，甚至感动上帝；还因为限制，因为爱情的不易，使他们更加珍惜内心的感觉，去争取那难得的欢愉。

也许正因为难，他们才有在追求中体验成就感这样一种"知难而上"的韧劲。

"爱虽然不再是禁果，但却更像毒药了。"在北京三里屯的一家酒吧中，我的一位朋友这么说。

其实，与其说他们是爱情的悲观主义者，毋宁说他们是爱情的理想主义者。他们的爱情观仍然太古典，在他们还在唱着迪克牛仔"有多少爱可以重来"的时候，新新人类已经在酒吧中高谈"有多少爱可以乱来”。因为有其“理想”的执着，所以才有“悲观”的叹息——屡败屡战的他们常常就这样带着伤口再次上路。

譬如这部小说中的主人公杯子，在北京这座繁华之都……他爱着，因为爱使他落到生命的实处，爱证明他的存在。而他身心中真实的爱却一一飞走了，不再属于他，在爱情的世界，他一次次陷入孤身一人的境地。为此，他试图用性而不是爱来填补自己的孤独……性好像是他背对爱情的报复，就像小孩背对大人、面对墙角，久久地一动不动的赌气。

他就这样在爱与性中挣扎。其实他的眼角含着泪水，但我们难以窥知，在阳光中他用墨镜遮住了那颗悬而未绝的泪珠。

轮子是小说中的另一个人物，他的爱情观更为传统，忠贞和坚贞，一个男人竟然抱持着“从一而终”的信念，自然他与现实是格格不入的，包括他的爱情观、人生观和道德观——他来到北京，就是为了寻找他已经没有了消息的爱情。他好像生活在另一个世界中，像是城市中“秘密的人”，灵魂时常脱离肉身，在天空中飞翔，在俯瞰中透视出都市另一副丑恶的面孔；与一棵玉米像情人一样在深夜的大街上漫步；在垃圾场与文字逃逸而去的空白之书不期而遇……为了找到他的小妹，每一个节假日，他都要奔波在北京的一个个大商场，利用商场中的广播播寻人启事。但小妹一直也没有出现，轮子仍然“守身如玉”，固执地等待小妹的重临。

鲁迅先生在他的小说《伤逝》中说：“人必须活着，爱才有所附丽。”飞走和消逝成为杯子们爱情的宿命：对于杯子，初恋的棋死了，电线嫁给了别人，玻璃不愿再与他来往……对于轮子，消失了的小妹消息杳无……对于灯儿，初恋的草垛在多年之后即将再见的时候死于车祸……他们的爱就这样飞走，无枝可栖。

我知道，在我写完《飞走的爱情》之后，我再对此多说一句都是多余。现在的我也是一个读者，小说本身已经独立于我之外。也许，你们根本就不需要我在你们阅读之前在此絮叨。

我深信，阅读才是最好的评判。我将在你们的阅读中接受你们真实的审判，哪怕体无完肤。

图书在版编目(CIP)数据

私想 / 瘦谷著. — 北京 : 中国文史出版社,
2020.1
(跨度新美文书系)
ISBN 978-7-5205-1252-7

Ⅰ. ①私… Ⅱ. ①瘦… Ⅲ. ①散文集-中国-当代
Ⅳ. ①I267

中国版本图书馆 CIP 数据核字(2019)第 181646 号

责任编辑：蔡晓欧　薛未未

出版发行：**中国文史出版社**
社　　址：北京市海淀区西八里庄 69 号院　邮编：100142
电　　话：010-81136606　81136602　81136603（发行部）
传　　真：010-81136655
印　　装：北京东君印刷有限公司
经　　销：全国新华书店
开　　本：720×1020　1/16
印　　张：15.75　　字数：173 千字
版　　次：2020 年 1 月第 1 版
印　　次：2020 年 1 月第 1 次印刷
定　　价：56.00 元